TRANZLATY

La Langue est pour tout le Monde

Language is for everyone

L'Appel de Cthulhu

The Call of Cthulhu

H.P. Lovecraft

Français
English

www.tranzlaty.com

L'horreur faite d'argile
The Horror Made of Clay

Il y a une chose que je trouve particulièrement miséricordieuse.
There is one thing I find particularly merciful.
L'incapacité de l'esprit humain à corréler les événements.
The inability of the human mind to correlate events.
C'est une bénédiction que nous ne puissions pas comprendre le monde.
It's a blessing that we can't understand the world.
Nous vivons paisiblement sur une île d'ignorance.
We live blissfully on a placid island of ignorance.
Une île au milieu des mers noires de l'infini.
An island in the midst of black seas of infinity.
Et il n'était pas prévu que nous voyagions loin.
And it was not meant that we should voyage far.
Chaque science s'oriente dans sa propre direction.
The sciences each strain in their own directions.
Mais jusqu'à présent, les découvertes scientifiques ne nous ont guère nui.
But hitherto science's findings have harmed us little.
Mais un jour, les connaissances dissociées seront rassemblées.
But some day dissociated knowledge will be pieced together.
Des visions terrifiantes de la réalité s'ouvriront à nous.
Terrifying vistas of reality will open up to us.
Et nous nous retrouverons dans une situation effroyable.
And we will be left in a frightful vantage point.
Soit nous deviendrons fous à cause de la révélation qui nous sera faite.
We will either go mad from the revelation we are given.
Ou bien nous fuirons la lumière mortelle que nous verrons.
Or we will flee from the deadly light that we will see.
Nous fuirons le savoir que nous avons toujours recherché.
We will run from the knowledge we had always pursued.

Et nous rechercherons la paix et la sécurité d'un nouvel âge des ténèbres.

And we will seek the peace and safety of a new dark age.

Les théosophes ont émis des hypothèses sur l'échelle du cosmos.

Theosophists have guessed at the scale of the cosmos.

Notre monde n'est qu'un incident passager dans ce cycle.

Our world is but a transient incident in this cycle.

L'espèce humaine ne joue qu'un rôle mineur dans l'univers.

The human race plays but a little role in the universe.

Les théosophes ont fait allusion à d'étranges méthodes de survie.

The theosophists have hinted at strange methods of survival.

Mais leurs suggestions glaceraient le sang d'un homme rationnel.

But their suggestions would freeze a rational man's blood.

Seul l'optimisme de leurs idées masque l'horreur.

Only the optimism of their ideas hides the horror.

Mais ce ne sont pas leurs idées qui me glacent le plus le sang.

But it is not their ideas that chill me the most.

C'est autre chose qui me remplit de terreur.

It is something else that fills me with terror.

Le seul aperçu d'éons interdits que j'aie vu.

The single glimpse of forbidden eons I have seen.

Quand je repense à ce que j'ai vu, mon sang se fige.

When I think of what I saw my blood stands still.

Depuis ce bref aperçu, l'agitation hante mes rêves.

Restlessness plagues my dreams since that glimpse.

Cela m'est apparu comme toutes ces visions redoutées de la vérité.

It came to me like all dreaded glimpses of truth.

Un assemblage accidentel d'éléments séparés.

An accidental piecing together of separated things.

Un vieil article de journal et les notes d'un professeur décédé.

An old newspaper item and the notes of a dead professor.

En un éclair, tout s'est reconstitué devant moi.

In a flash everything was pieced together before me.

J'espère que personne d'autre ne parviendra à cette terrible intuition.

I hope no one else will accomplish this terrible insight.

Assurément, si je vis, je ne permettrai jamais à personne de le savoir.

Certainly, if I live, I shall never help anyone to know it.

Je ne fournirai jamais sciemment un maillon d'une chaîne aussi hideuse.

I shall never knowingly supply a link in so hideous a chain.

Je pense que le professeur, lui aussi, avait l'intention de garder le silence.

I think that the professor, too, intended to keep silent.

Il n'avait pas l'intention de révéler les secrets qu'il connaissait.

He didn't mean to share the secrets that he knew.

Et je suis sûr qu'il aurait détruit ses notes.

And I'm sure he would have destroyed his notes.

S'il n'avait pas été victime d'une mort subite et suspecte.

If he had not been seized by sudden and suspicious death.

***

J'ai commencé à prendre connaissance de cette chose durant l'hiver 1926-27.

My knowledge of the thing began in the winter of 1926-27.

Mon grand-oncle était le professeur George Gammell Angell.

My great-uncle was the professor George Gammell Angell.

Il était professeur émérite de langues sémitiques.

He was the Professor Emeritus of Semitic languages.

Il a enseigné à l'université Brown, à Providence, dans le Rhode Island.

He lectured in Brown University, Providence, Rhode Island.

Sa mort, à l'âge de quatre-vingt-douze ans, a déclenché l'événement.

His death, at the age of ninety-two, triggered the event.

Il était largement reconnu comme une autorité en matière d'inscriptions anciennes.

He was widely known as an authority on ancient inscriptions.

Les directeurs de grands musées venaient solliciter son expertise.

Heads of prominent museums came to him for his expertise.

Son décès a donc été remarqué par de nombreuses personnes dans les milieux universitaires.

So his death was noticed by many within academic circles.

L'intérêt suscité par sa mort a été accru par l'obscurité qui l'entourait.

Interest was intensified by the obscurity of his death.

L'incident s'est produit alors qu'il débarquait du bateau de Newport.

It occurred as he was disembarking from the Newport boat.

Des témoins affirment qu'un homme à l'allure de marin, au teint sombre, l'avait bousculé.

Witnesses say a dark nautical-looking fellow had jostled him.

Après avoir été frappé, il est tombé subitement, selon des témoins.

After being stricken, he fell suddenly, witnesses say.

Les médecins n'ont décelé aucun trouble visible.

Physicians were unable to find any visible disorder.

Après quelques débats confus, ils sont parvenus à leur conclusion.

After some perplexed debate they reached their conclusion.

« Ça devait être une lésion du cœur », ont-ils convenu.

"It must have been a lesion of the heart," they agreed.

« Après tout, c'était un homme plutôt âgé », ont-ils ajouté.

"After all, he was rather an elderly man," they added.

« L'ascension rapide de la colline escarpée causa sa mort. »

"the brisk ascent of the steep hill caused his end."

À l'époque, je ne voyais aucune raison de contester ce principe.

At the time I saw no reason to dissent from this dictum.

Mais dernièrement, je suis enclin à m'interroger sur leur conclusion.

But latterly I am inclined to wonder about their conclusion.

Et je ne me contente pas de me demander s'ils avaient raison.

And I do more than just wonder if they were right.

***

Mon grand-oncle est mort seul, veuf et sans enfant.

My grand-uncle died alone as a childless widower.

Je suis donc devenu son héritier et son exécuteur testamentaire.

And so I became heir and executor to his possessions.

Je devais donc examiner ses documents et ses écrits.

So I was expected to go over his papers and writings.

J'ai transféré tous ses dossiers et cartons chez moi, à Boston.

I moved his entire set of files and boxes to my Boston home.

Une grande partie des documents que j'ai recueillis sera publiée ultérieurement.

Much of the materials I collected will later be published.

De nombreux universitaires de son domaine se sont montrés très intéressés par ses travaux.

Many academics in his field took great interest in his work.

La société archéologique américaine comptait énormément sur lui.

The American archeological society relied on him greatly.

Mais il y avait une boîte que j'ai trouvée extrêmement déconcertante.

But there was one box which I found exceedingly puzzling.

J'étais très réticent à l'idée de montrer ces fichiers à d'autres personnes.

I felt much averse from showing these files to other eyes.

La boîte était verrouillée, contrairement aux autres.

The box had been locked, unlike the other boxes.

Et au départ, je n'ai trouvé aucune clé qui puisse ouvrir cette boîte.

And initially I found no key that would open this box.

Mais alors, l'emplacement de la clé m'est venu à l'esprit.

But then the location of the key occurred to me.

Le professeur avait toujours un porte-clés dans sa poche.
The professor always carried a keyring in his pocket.
C'est bien l'une de ces clés qui a ouvert la boîte.
It was indeed one of these keys that opened the box.
Mais à l'intérieur de la boîte se trouvait une barrière encore plus hermétique.
But in the box was a still more closely locked barrier.
Quelle pourrait être la signification de ce bas-relief étrange ?
What could be the meaning of the queer bas-relief?
Diverses découpes de papier accompagnaient le bas-relief.
Various paper cuttings accompanied the bas-relief.
À quoi faisaient allusion ces notes décousues et ces divagations ?
What did the disjointed jottings and ramblings allude to?
Mon oncle était-il devenu crédule face à des impostures superficielles ?
Had my uncle become credulous to superficial impostures?
Peut-être que son esprit critique s'est ralenti avec l'âge.
Perhaps in his later years his criticalness thought slowed.
Quelqu'un avait troublé la tranquillité d'esprit de ce vieil homme.
Someone had disturbed this old man's peace of mind.
Je me suis donc résolu à retrouver ce sculpteur excentrique.
And so I resolved to locate the eccentric sculptor.
L'homme qui a déclenché l'étrange obsession de mon oncle.
The man who set in motion my uncle's strange obsession.

***

Le bas-relief avait approximativement la forme d'un rectangle.
The bas-relief was roughly shaped like a rectangle.
La forme rectangulaire avait une épaisseur inférieure à un pouce.
The rectangular shape was less than an inch thick.
Et le bas-relief mesurait environ cinq pouces sur six.
And the bas-relief was about five by six inches in area.

Il était évident que le bas-relief était d'origine moderne.

It was obvious that the bas-relief was of modern origin.

Les motifs, cependant, étaient loin d'être modernes dans leur ambiance.

The designs, however, were far from modern in atmosphere.

Les inscriptions suggéraient une civilisation bien plus ancienne.

The inscriptions suggested a far older civilization.

Les fantaisies du cubisme et du futurisme étaient nombreuses et extravagantes.

The vagaries of cubism and futurism were many and wild.

Mais généralement, de tels schémas ne parviennent pas à produire de régularité.

But normally such patterns fail to produce regularity.

La régularité énigmatique qui se cache dans l'écriture préhistorique.

The cryptic regularity which lurks in prehistoric writing.

Cette régularité était certainement présente dans le bas-relief.

This regularity was certainly present in the bas-relief.

J'étais certain que les inscriptions représentaient un système d'écriture.

I was certain the inscriptions represented a writing system.

Je connaissais un peu les papiers de mon oncle.

I had some familiarity with the papers of my uncle.

Et j'avais parcouru toutes ses collections et ses œuvres.

And I had looked through all of his collections and works.

Mais je n'ai trouvé aucun écrit similaire.

But I failed to find any writing that was similar.

Je ne saurais situer géographiquement cet alphabet d'aucune façon.

I could not geographically place this alphabet in any way.

Je ne pouvais pas non plus deviner de quelle époque datait ce texte.

Nor could I guess from what time this writing came from.

Au-dessus de ces hiéroglyphes apparents se trouvait une figure.

Above these apparent hieroglyphics there was a figure.

La figure n'avait manifestement qu'une vocation picturale.

The figure was evidently only of pictorial intent.

Le caractère impressionniste du tableau ajoutait au mystère.

The impressionism of the picture added to the mystery.

Aucune idée claire de la nature de la créature ne put être discernée.

No clear idea of the creature's nature could be discerned.

La créature semblait être un monstre, d'une sorte ou d'une autre.

The creature seemed to be a monster, of some sort.

Ou bien ce symbole représentait un monstre, quelle qu'elle soit.

Or the symbol represented a monster, of some sort.

Seul un esprit malade pourrait concevoir une telle forme.

Only a diseased mind could conceive of such a form.

Mon imagination a produit simultanément différentes images.

My imagination yielded different pictures simultaneously.

Mais mon imagination est peut-être aussi quelque peu extravagante.

But my imagination may also be somewhat extravagant.

Une pieuvre, un dragon et une caricature humaine.

An octopus, a dragon, and also a human caricature.

Je m'efforcerai de ne pas être infidèle à l'esprit de la chose.

I shall try not be unfaithful to the spirit of the thing.

Une tête charnue et tentaculaire surmontait un corps écailleux.

A pulpy, tentacled head surmounted a scaly body.

Des ailes rudimentaires émergeaient de cette forme grotesque.

Rudimentary wings protruded from the grotesque shape.

Mais la forme du monstre n'était même pas le pire.

But the shape of the monster wasn't even the worst part.

Le fond de la photo était encore plus effrayant.

The background of the picture was even more frightening.

Le paysage évoquait vaguement une autre civilisation.

The scenery had a vague suggestion of another civilization.

Architecture cyclopéenne d'une région oubliée du monde.
Cyclopean architecture from a forgotten part of the world.

***

Seules quelques notes et coupures de presse accompagnaient cet objet insolite.
Only some notes and press cuttings accompanied the oddity.
Les articles de presse semblaient n'avoir qu'un lien vague entre eux.
The press cuttings seemed to be only vaguely related.
Tous les mots manuscrits provenaient de mon oncle.
The hand written notes were all from my uncle.
Mais ses notes ne prétendaient à aucun style littéraire.
But his notes made no pretense to any literary style.
Aucun mécanisme de classement n'était appliqué aux articles.
There was no ordering mechanism to any of the papers.
Bien qu'il semblât exister un document maître regroupant les notes.
Although there seemed to be a master document to the notes.
Ce document a été attribué au culte de Cthulhu.
This document was ascribed to the cult of Cthulhu
Les lettres du mot avaient été minutieusement écrites.
The word's letters had been painstakingly written out.
Il ne devrait y avoir aucune lecture erronée de ce mot inconnu.
There should be no erroneous reading of the unheard of word.
Ce manuscrit de Cthulhu était divisé en deux sections ;
This Cthulhu manuscript was divided into two sections;
Le premier manuscrit portait le titre suivant :
The first manuscript was titled the following:
"1925 - Rêve et œuvre onirique de HA Wilcox"
"1925 - Dream and Dream Work of H. A. Wilcox"
"7 rue Thomas, Providence, Road Island"
"7 Thomas St., Providence, Road Island"
Et le deuxième manuscrit était intitulé comme suit :

And the second manuscript was titled the following:
"Récit de l'inspecteur John R. Legrasse"
"Narrative of Inspector John R. Legrasse"
"121, rue Bienville, La Nouvelle-Orléans, Réunions de 1908."
"121 Bienville St., New Orleans, 1908 Meetings."
« Notes sur Same et le récit des événements par le professeur Webb »
"Notes on Same, & Prof. Webb's account of events"
Les autres documents manuscrits étaient tous de brèves notes.
The other manuscript papers were all brief notes.
Certains manuscrits décrivaient les rêves étranges de différentes personnes.
Some manuscripts described the queer dreams of different persons.
Quelques manuscrits cités d'après des livres et revues théosophiques.
Some manuscripts cited from theosophical books and magazines.
Il est à noter que la plupart de ces citations provenaient de W. Scott-Eliott.
Notably, most of these citations were from W. Scott-Eliott.
Les notes faisaient principalement référence à l'Atlantide et à la Lémurie perdue.
Mainly the notes referenced Atlantis and the Lost Lemuria.
Les autres notes évoquaient des sociétés secrètes ayant perduré pendant longtemps.
The other notes commented on long-surviving secret societies.
Des sectes cachées qui existent peut-être encore quelque part.
Hidden cults that may or may not still exist somewhere.
Deux livres semblaient fournir la plupart des informations ;
Two books seemed to provide most of the information;
Le culte des sorcières de Miss Murray en Europe occidentale.
Miss Murray's Witch-Cult in Western Europe.
Ce livre détaille de manière exhaustive les sources mythologiques.
This book thoroughly detailed Mythological sources.

Et le Rameau d'or de Frazer a fourni des sources anthropologiques.

And Frazer's Golden Bough provided anthropological sources.

*****

Les articles faisaient principalement allusion à des maladies mentales extravagantes.

The cuttings largely alluded to outré mental illnesses.

Des accès de folie collective et de manie ont eu lieu au printemps 1925.

Outbreaks of group folly and mania in the spring of 1925.

La première moitié du manuscrit racontait une histoire très particulière.

The first half of the manuscript told a very peculiar tale.

Le 1er mars 1925, un jeune homme mince et brun est venu voir mon oncle.

1925, the 1st of March, a thin dark young man came to my uncle.

Le manuscrit décrit son aspect névrotique et agité.

The manuscript describes his neurotic and excited aspect.

Et il supportait avec lui cet étrange bas-relief.

And he bore with him the strange bas-relief.

À ce moment-là, le bas-relief était extrêmement humide et frais.

At that time the bas-relief was exceedingly damp and fresh.

Sa carte portait le nom de Henry Anthony Wilcox.

His card bore the name of Henry Anthony Wilcox.

Et mon oncle avait vaguement reconnu qui il était.

And my uncle had slightly recognized who he was.

Il était le benjamin d'une excellente famille.

He was the youngest son of an excellent family.

Dernièrement, il avait étudié la sculpture à Rhode Island.

Latterly he had been studying sculpture at Rhode Island.

Il vivait seul dans l'immeuble Fleur-de-Lys.

He lived alone at the Fleur-de-Lys Building.

Ses résidences se situaient près de l'université.

His residences were near the university.

Wilcox était un jeune homme précoce au génie reconnu.

Wilcox was a precocious youth of known genius.

Mais il était également connu pour sa grande excentricité.

But he was also known for his great eccentricity.

Dès son enfance, il avait attiré l'attention des autres.

From childhood he had excited the attention of others.

Il racontait des histoires étranges que personne ne lui avait jamais racontées.

He told of strange stories no one had told him about.

Et il avait l'habitude de raconter d'étranges rêves.

And he was in the habit of relating strange dreams.

Il se décrivait lui-même comme « psychiquement hypersensible ».

He described himself as "psychically hypersensitive".

Mais ceux qui l'entouraient avaient une autre description de lui.

But those around him had other descriptions for him.

C'étaient des gens sérieux, habitants de cette ancienne cité commerçante.

They were staid folk of the ancient commercial city.

Et ils l'ont considéré comme simplement étrange et « bizarre ».

And they dismissed him as merely strange and "queer".

C'est pourquoi il ne se mêlait guère à ses semblables.

And so he never mingled much with his kind.

Et il avait progressivement disparu de la scène sociale.

And he had dropped gradually from social visibility.

Il n'est désormais connu que d'un petit groupe d'esthètes.

Now he is known only to a small group of esthetes.

Et ceux qui le connaissaient venaient pour la plupart d'autres villes.

And those who knew him came mostly from other towns.

Même le club artistique de Providence l'avait trouvé totalement désespéré.

Even the Providence art club had found him quite hopeless.

Bien sûr, ils tenaient à préserver leur conservatisme.

Of course they were anxious to preserve their conservatism.

***

Le manuscrit du professeur poursuivait la description de la visite.

The professor's manuscript continued to describe the visit.

Le sculpteur demanda brusquement à son hôte ses connaissances archéologiques.

The sculptor abruptly asked for his host's archeological knowledge.

Il voulait qu'il identifie les hiéroglyphes sur le bas-relief.

He wanted him to identify the hieroglyphics on the bas-relief.

Il parlait d'une manière rêveuse et un peu guindée.

He spoke in a dreamy and rather stilted manner.

Son discours, empreint de posture, a suscité l'indifférence.

His speech suggested pose and alienated sympathy.

Et mon oncle a fait preuve d'une certaine vivacité dans sa réponse.

And my uncle showed some sharpness in his reply.

Car le bas-relief était encore d'une fraîcheur remarquable.

Because the bas-relief was still conspicuously freshness.

Il n'y avait donc pas besoin de lien de parenté avec l'archéologie.

So there was no need for any kinship with archeology.

La réplique du jeune Wilcox était d'une poésie fantastique.

Young Wilcox's rejoinder was of a fantastically poetic cast.

Mon oncle a dû être impressionné par la réponse.

My uncle must have been impressed with the reply.

Et il a retranscrit la réponse de Wilcox mot pour mot.

And he recorded the reply of Wilcox verbatim.

« Le bas-relief est en effet encore d'une fraîcheur remarquable. »

"The bas-relief is indeed still conspicuously fresh."

« Parce que j'ai réalisé ce bas-relief la nuit dernière, après un rêve. »

"Because I made this bas-relief last night, after a dream."

"Un rêve de villes étranges et de gens encore plus étranges."
"A dream of strange cities and stranger people."
"Et les rêves sont plus vieux que les jeunes recrues mélancoliques."
"And dreams are older than brooding Tyros."
« Les rêves sont plus anciens que le Sphinx contemplatif. »
"Dreams are older than the contemplative Sphinx."
« Et les rêves sont plus anciens que Babylone entourée de jardins. »
"And dreams are older than the garden-girdled Babylon."
Ce type de discours s'est avéré être caractéristique de sa personne.
This type of speech turned out to be characteristic of him.
C'est alors qu'il commença son récit décousu.
It was then that he began that rambling tale.
L'histoire qui soudain a fait ressurgir un souvenir endormi.
The tale which suddenly played upon a sleeping memory.
L'histoire qui a suscité un vif intérêt chez mon oncle.
The tale that won the fevered interest of my uncle.

***

Une légère secousse sismique avait été ressentie la nuit précédente.
There had been a slight earthquake tremor the night before.
La secousse la plus importante qu'ait ressentie la Nouvelle-Angleterre depuis plusieurs années.
The most considerable tremor New England had felt for some years.
L'imagination de Wilcox avait été profondément affectée par le tremblement de terre.
Wilcox's imagination had been keenly affected by the earthquake.
Il avait fait un rêve sans précédent de grandes cités cyclopéennes.
He had had an unprecedented dream of great Cyclopean cities.

Il rêvait de blocs de Titan et de monolithes projetés dans le ciel.

He dreamed of Titan blocks and sky-flung monoliths.

Toute l'architecture dégoulinait d'une substance verte visqueuse.

All the architecture was dripping with green ooze.

Et ses rêves étaient sinistres, empreints d'une horreur latente.

And his dreams were sinister with latent horror.

Des hiéroglyphes recouvraient les murs et les piliers.

Hieroglyphics had covered the walls and pillars.

Un son provenait de quelque part en dessous.

From somewhere underneath there came a sound.

Le son ressemblait à une voix, mais ce n'était pas une voix.

The sound was of a voice, but it was not a voice.

Une sensation chaotique que seule l'imagination pouvait transmuter en son.

A chaotic sensation which only fancy could transmute into sound.

Il tenta de prononcer ce mot presque imprononçable.

He attempted to say the almost unpronounceable word.

Un assemblage improbable de lettres ; « Cthulhu fhtagn ».

A jumble of unlikely letters; "Cthulhu fhtagn".

Ce charabia verbal fut la clé du souvenir de mon oncle.

This verbal jumble was the key to my uncle's recollection.

Ce son étrange excita et perturba le professeur Angell.

This strange sound excited and disturbed Professor Angell.

Il interrogea le sculpteur avec une minutie scientifique.

He questioned the sculptor with scientific minuteness.

Il étudia le bas-relief avec une intensité presque frénétique.

He studied the bas-relief with almost frantic intensity.

Mon oncle a mis ça sur le compte de son âge avancé, a déclaré Wilcox par la suite.

My uncle blamed his old age, Wilcox afterward said.

Dans sa jeunesse, il aurait reconnu les hiéroglyphes.

In his younger days he would have recognized the hieroglyphics.

Le dessin pictural n'aurait pas déconcerté son esprit plus vif.

The pictorial design wouldn't have puzzled his sharper mind.
Nombre de ses questions semblaient tout à fait déplacées à son visiteur.
Many of his questions seemed highly out of place to his visitor.
Il a tenté de le relier à d'étranges cultes mythologiques.
He tried to connect him to strange mythological cults.
Il a essayé de lui faire admettre son appartenance à des sociétés secrètes.
He tried to get him to admit affiliation to secret societies.
Mon oncle a même promis de garder le secret sur son visiteur.
My uncle even promised to keep his visitor's secret.
« Ne faites-vous pas partie d'un groupe mystique répandu ? »
"Are you not part of a widespread mystical group?"
« N'êtes-vous pas membre d'un organisme religieux païen ? »
"Are you not a member of a paganly religious body?"
Finalement, il s'est convaincu que le sculpteur n'était pas membre.
Eventually he became convinced the sculptor wasn't a member.
Il ignorait en effet tout culte ou système de savoir cryptique.
He was indeed ignorant of any cult or system of cryptic lore.
Il assaillit son visiteur de demandes de rapports futurs sur ses rêves.
He besieged his visitor with demands for future reports of dreams.
Cette étrange requête a porté des fruits réguliers et intéressants.
This strange request bore regular and interesting fruit.

***

Après le premier entretien, le manuscrit consigne les appels quotidiens.
After the first interview the manuscript records daily calls.

Il a relaté des fragments saisissants d'images nocturnes.
He related startling fragments of nocturnal imagery.
Ses rêves présentaient toujours les mêmes thèmes.
There were always the same themes in his dreams.
Un terrible panorama cyclopéen de pierre sombre et ruisselante.
A terrible Cyclopean vista of dark and dripping stone.
Une voix souterraine ou une intelligence hurlant de façon monotone.
A subterranean voice or intelligence shouting monotonously.
Deux sons semblaient se répéter dans ses rêves.
Two sounds seemed to repeat themselves in his dreams.
Mais ces sons étaient aussi énigmatiques que les autres.
But these sounds were as enigmatic as the other sounds.
Ces sons ne peuvent être rendus que par les lettres « Cthulhu » et « R'lyeh ».
The sounds can only be rendered by the letters "Cthulhu" and "R'lyeh".
Le 23 mars, poursuivait le manuscrit, Wilcox ne s'est pas présenté.
On March 23rd, the manuscript continued, Wilcox failed to come.
Mon oncle a mené l'enquête à l'endroit où il se trouvait.
My uncle made inquiries at the quarters of his whereabouts.
Cette nuit-là, il avait été frappé par une fièvre obscure.
That night he had been stricken with an obscure sort of fever.
Il a ensuite été conduit au domicile de sa famille, rue Waterman.
And he was taken to the home of his family in Waterman Street.
Cette nuit-là, il avait crié dans un de ses rêves.
That night he had cried out in one of his dreams.
Ses cris ont réveillé plusieurs autres artistes présents dans le bâtiment.
His cries aroused several other artists in the building.
Il alternait entre inconscience et délire.

And he was between alternations of unconsciousness and delirium.

Mon oncle a immédiatement téléphoné à la famille Wilcox.

My uncle at once telephoned the family of Wilcox.

Et à partir de ce moment-là, il a suivi l'affaire de près.

And from that time forward he kept close watch of the case.

Il venait souvent au cabinet du Dr Tobey, rue Thayer.

He called often at the Thayer Street office of Dr. Tobey.

Le docteur Tobey était responsable de l'état de santé du patient.

Dr. Tobey was in charge of the patient's condition.

L'esprit fiévreux du jeune homme s'attardait sur des choses étranges.

The youth's febrile mind was dwelling on strange things.

Le médecin frissonnait de temps à autre en parlant de ces rêves.

The doctor shuddered now and then as he spoke of the dreams.

Les rêves reprenaient beaucoup des thèmes précédents.

The dreams repeated a lot of the earlier themes.

Mais désormais, ses rêves évoquaient quelque chose de nouveau.

But now his dreams made mention of something new.

Une chose gigantesque « à plusieurs kilomètres de haut » qui marchait ou se déplaçait lourdement.

A gigantic thing "a miles high" which walked, or lumbered about.

Il n'a à aucun moment décrit cet objet en détail.

He at no time fully described this object in any detail.

Mais le docteur Tobey a relayé les paroles paniquées de son patient.

But Dr. Tobey relayed the frantic words of his patient.

Et le professeur acquit de plus en plus la certitude de ce que c'était.

And the professor became increasingly certain of what it was.

La monstruosité sans nom qu'il avait cherché à représenter dans sa sculpture.

The nameless monstrosity he had sought to depict in his sculpture.

Le médecin avait mentionné le bas-relief qu'il avait réalisé.

The doctor had mentioned the bas-relief he had made.

Cette mention précède la descente du jeune homme dans la léthargie.

This mention preludes the young man's subsidence into lethargy.

Sa température, curieusement, n'était pas beaucoup plus élevée que la normale.

His temperature, oddly enough, was not greatly above normal.

Mais son état général laissait penser qu'il avait de la fièvre.

But his general condition suggested he was in a fever.

Une fièvre, par opposition à un trouble mental.

A fever, as opposed to being in the grasp of a mental disorder.

***

Le 2 avril, vers 15 heures, la fièvre a cessé.

On April 2nd at about 3 p.m. the fever came to an end.

Toute trace du mal de Wilcox disparut soudainement.

Every trace of Wilcox's malady suddenly ceased.

Il s'assit droit dans son lit, comme s'il se réveillait d'un sommeil normal.

He sat upright in bed as if waking up from regular sleep.

Il fut stupéfait de se retrouver chez ses parents.

He was astonished to find himself at his parents' home.

Et il ignorait tout de ce qui s'était passé.

And he was completely ignorant of what had happened.

Ni le rêve ni la réalité n'avaient laissé d'empreinte dans son esprit.

Neither dream nor reality had made an impression on his mind.

Le docteur Tobey l'a déclaré apte à être relevé de ses soins.

Dr. Tobey pronounced him fit to be dismissed from his care.

Et il regagna ses quartiers trois jours plus tard.

And he returned to his quarters three days later.

Mais il n'a apporté aucune aide supplémentaire au professeur Angell.

But to Professor Angell he was of no further assistance.

Toute trace de rêves étranges avait disparu avec sa guérison.

All traces of strange dreaming had vanished with his recovery.

Pendant une semaine, il a raconté des visions sans rapport avec le sujet et tout à fait banales.

For a week he recounted irrelevant and thoroughly usual visions.

Et mon oncle n'a plus consigné ses pensées nocturnes.

And my uncle kept no further record of his night-thoughts.

C'est à ce stade que s'achevait la première partie du manuscrit.

At this point the first part of the manuscript ended.

Mais mes recherches étaient loin d'être terminées.

But my research was still anything but concluded.

Les références à des notes éparses ont permis de reconstituer le puzzle.

References to scattered notes helped piece things together.

Et il y avait largement de quoi alimenter la réflexion.

And there was more than enough material for thought.

Ma méfiance envers l'artiste ne s'était toujours pas apaisée.

My distrust of the artist had still not subsided.

Mais c'était en grande partie dû à mon scepticisme profondément ancré.

But this was largely a result of my ingrained skepticism.

Les notes décrivaient les rêves de différentes personnes.

The notes described the dreams of various persons.

Tous ces rêves se sont produits alors que le jeune Wilcox était en proie à la fièvre.

These dreams all occurred while young Wilcox was in his fever.

Mon oncle, semble-t-il, n'a pas perdu de temps pour collecter les données.

My uncle, it seems, wasted no time in collecting the data.

Il avait rapidement mis en place un ensemble d'enquêtes d'une ampleur prodigieuse.

He had quickly instituted a prodigiously far-flung body of inquiries.

Il questionnait tous ses amis qui ne faisaient pas preuve d'impertinence.

Any friend that didn't show impertinence he questioned.

Il leur demandait de lui faire part chaque soir de leurs rêves.

He requested from them nightly reports of their dreams.

Et il leur a demandé s'ils avaient eu des visions marquantes récemment.

And he asked if they had had any notable visions of late.

L'accueil réservé à sa demande semble avoir été mitigé.

The reception of his request seems to have been varied.

Mais les réponses ne manquaient certainement pas.

But there was certainly no shortage in replies.

Aucun homme ordinaire n'aurait pu gérer les réponses à lui seul.

No ordinary man could have handled the replies alone.

Les correspondances originales n'ont pas été conservées.

The original correspondences were not preserved.

Mais ses notes constituaient un résumé complet et significatif.

But his notes formed a thorough and significant digest.

***

Au départ, il s'était adressé à des gens ordinaires.

Initially he had approached average people in society.

Les « gens simples » traditionnels de la Nouvelle-Angleterre.

New England's traditional "salt of the earth".

Mais ce groupe a donné un résultat presque entièrement négatif.

But this group gave an almost completely negative result.

Il y avait toutefois quelques exceptions à ce groupe.

Though there were some exceptions to this group too.

Des cas épars d'impressions nocturnes inquiétantes mais informes.

Scattered cases of uneasy but formless nocturnal impressions.

Leurs rapports étaient toujours publiés entre le 23 mars et le 2 avril.

Their reports were always between March 23rd and April 2nd.

Cela coïncidait avec la même période de délire que celle du jeune Wilcox.

This aligned with the same period of young Wilcox's delirium.

Les hommes de science n'avaient été que légèrement plus touchés.

Men of science had been only a little more affected.

Quatre cas, décrits de manière vague, ont toutefois retenu notre attention.

Though four cases of vague description were of interest.

Ils avaient aperçu furtivement des paysages étranges.

They had had fugitive glimpses of strange landscapes.

Et dans un cas, on a évoqué la crainte de quelque chose d'anormal.

And in one case a dread of something abnormal was mentioned.

C'est des artistes et des poètes que sont venues les réponses pertinentes.

It was from the artists and poets that the pertinent answers came.

C'est une chance que personne n'ait pu comparer ses notes.

It is a blessing no one had been able to compare notes.

La panique se serait emparée des esprits s'ils avaient partagé leurs visions.

Panic would have broken loose had they shared their visions.

Cela n'a toutefois pas dissipé mon scepticisme profondément ancré.

This, however, did not dispel my ingrained skepticism.

D'autres auraient pu tirer des conclusions mythiques bien plus rapidement.

Others might have come to mythical conclusions much quicker.

Mais les lettres originales manquaient dans les notes.

But the original letters were lacking from the notes.

J'avais presque soupçonné l'auteur du projet d'avoir posé des questions orientées.

I half suspected the compiler of having asked leading questions.

Ou peut-être que les correspondances n'étaient pas entièrement originales.

Or perhaps the correspondences weren't entirely original.

Peut-être mon oncle avait-il décidé de confirmer les rêves de Wilcox.

Perhaps my uncle had resolved to confirm Wilcox's dreams.

C'est pourquoi j'ai continué à me méfier du sculpteur.

That is why I continued to feel suspicious of the sculptor.

Peut-être était-il encore au courant des anciennes données de mon oncle.

Perhaps he was still cognizant of my uncle's old data.

Peut-être avait-il abusé de la confiance du scientifique chevronné.

Perhaps he had been imposing on the veteran scientist.

Il fallait néanmoins examiner les données corroborantes.

Nonetheless, the corroborating data had to be investigated.

***

Les réactions des esthètes ont révélé une histoire inquiétante.

The responses from the esthetes told a disturbing tale.

Du 28 février au 2 avril, leurs rêves se sont alignés.

From February 28th to April 2nd their dreams aligned.

Et une grande partie d'entre eux avaient fait des rêves très bizarres.

And a large proportion of them had dreamed very bizarre things.

Le moment d'apparition et d'intensité de leurs rêves était également intéressant.

The timing of the intensity of their dreams was also of interest.

La période de délire du sculpteur a marqué un apogée.

The period of the sculptor's delirium marked a highpoint.

L'intensité de leurs rêves était infiniment plus forte.

The intensity of their dreams were immeasurably the stronger.

Plus d'un quart des personnes interrogées ont signalé avoir entendu des sons inconnus et imprononçables.

Over a quarter reported unfamiliar and unpronounceable sounds.

Des bruits assez semblables à ceux que Wilcox avait également décrits.

Noises not dissimilar to what Wilcox had also described.

Certains ont décrit une architecture extrêmement élaborée et impossible.

Some described highly elaborate and impossible architecture.

Et certains rêveurs ont avoué une peur aiguë.

And some of the dreamers confessed to an acute fear.

Comme Wilcox, ils avaient vu une chose gigantesque et sans nom.

Like Wilcox, they had seen some gigantic nameless thing.

Un cas, que la note décrit avec insistance, était particulièrement triste.

One case, which the note describes with emphasis, was very sad.

Le sujet était un architecte de renom dans la région.

The subject was a widely known architect of the region.

Lui aussi avait des penchants pour la théosophie et l'occultisme.

He too had leanings toward theosophy and occultism.

Cet homme est devenu fou furieux le 22 mars.

This man went violently insane on March the 22nd.

La même date que celle de la crise d'épilepsie du jeune Wilcox.

The exact same date of young Wilcox's seizure.

Il est décédé plusieurs mois plus tard, après des cris incessants.

He expired several months later, after incessant screaming.

Il suppliait qu'on le sauve d'un habitant des enfers qui s'était échappé.

He begged to be saved from some escaped denizen of hell.

Malheureusement, mon oncle n'a pas mentionné ces affaires par leur nom.

Regrettably, my uncle did not refer to these cases by name.

Au lieu de cela, toutes les études n'ont reçu qu'un simple chiffre.

Instead, all studies were given nothing more than a number.

De cette façon, je ne pouvais pas mener d'enquête personnelle.

This way I was limited in attempting any personal investigation.

Et corroborer davantage les preuves s'avérait complexe.

And corroborating the evidence further was demanding.

Mais finalement, j'ai réussi à remonter la piste de quelques affaires.

But finally I did succeed in tracing down some cases.

J'aurais dû faire confiance aux notes de mon oncle.

I should have trusted the notes from my uncle.

Ils ont rapporté leurs rêves fidèlement.

They reported their dreams true to their reports.

Je me suis souvent demandé ce qu'ils pensaient que ces questions signifiaient.

I have often wondered what they thought the questioning meant.

Il est préférable qu'aucune explication ne leur parvienne jamais.

It is for the best that no explanation shall ever reach them.

***

Comme je l'ai mentionné, mon oncle collectionnait aussi les coupures de presse.

As I have mentioned, my uncle also collected press clippings.

Ces coupures de presse correspondaient aux dates en question.

These press clippings corresponded to the dates in question.

Les sources étaient dispersées à travers le monde.

The sources were scattered throughout the globe.

Le professeur Angell a dû faire appel à un service de découpage.
Professor Angell must have employed a cutting bureau.
Parce que le nombre d'extraits était énorme.
Because the number of extracts was tremendous.
Il existait un parallèle avec cette partie de ses recherches.
There was a parallel to this part of his research.
Cas de panique, de manie et d'excentricité.
Cases of panic, mania, and eccentricity.
Un cas concernait un suicide nocturne à Londres.
One case was a nocturnal suicide in London.
Un dormeur solitaire a sauté par la fenêtre après un cri effrayant.
A lone sleeper had leaped from a window after a shocking cry.
Une lettre décousue adressée au rédacteur en chef d'un journal sud-américain.
A rambling letter to the editor of a paper in South America.
Un fanatique déduit un avenir funeste de visions qu'il a eues.
A fanatic deduces a dire future from visions he had had.
Un reportage en provenance de Californie décrit une colonie théosophique.
A dispatch from California describes a theosophist colony.
Ils revêtirent en masse des robes blanches pour une « glorieuse plénitude ».
They donned white robes en masse for some "glorious fulfilment".
Bien que ce « glorieux accomplissement » ne se soit jamais produit.
Although that "glorious fulfilment" never arose.
Il semble y avoir un grave mécontentement parmi les populations autochtones en Inde.
There seems to be serious unrest from the natives in India.
Les orgies vaudou se sont multipliées en Haïti.
Voodoo orgies multiplied in Haiti.
Des avant-postes africains font état de murmures inquiétants.

African outposts report ominous mutterings.

Les officiers américains aux Philippines trouvent certaines tribus gênantes.

American officers in the Philippines find certain tribes bothersome.

Des policiers new-yorkais sont pris d'assaut par des Levantins hystériques.

New York policemen are mobbed by hysterical Levantines.

Cela s'est produit précisément dans la nuit du 22 au 23 mars.

This occurred exactly on the night of March 22-23.

L'ouest de l'Irlande, lui aussi, regorgeait de rumeurs et de légendes extravagantes.

The west of Ireland, too, was full of wild rumor and legendry.

Un peintre fantastique du nom d'Ardois-Bonnot a fait la une des journaux en France.

A fantastic painter named Ardois-Bonnot made the news in France.

Il a accroché un paysage onirique blasphématoire au salon de printemps parisien.

He hung a blasphemous dream landscape in the Paris spring salon.

Les troubles recensés dans les asiles d'aliénés étaient incommensurables.

The recorded troubles in insane asylums were immeasurable.

Il a fallu un miracle pour que le corps médical ne se doute de rien.

A miracle must have kept the medical fraternities unsuspecting.

Mais ils n'ont jamais relevé les étranges parallèles entre ces affaires.

But they never noted the strange parallelisms of the cases.

Autrement, eux aussi seraient parvenus à des conclusions perplexes.

Else they too would have come to mystified conclusions.

Je dois avouer qu'il s'agissait effectivement d'un ensemble de découpages de papier assez étranges.

I must confess these were indeed a set of weird paper cuttings.

Mon oncle avait présenté un argument convaincant.
My uncle had put forward a convincing argument.
Je ne peux pas expliquer comment j'ai mis les preuves de côté.
I can't explain how I set the evidence aside.
Mais mon rationalisme impitoyable a pris le dessus.
But my callous rationalism took the upper hand.
Et je restais méfiant envers le jeune sculpteur, Wilcox.
And I was still suspicious of the young sculptor, Wilcox.
Il devait être au courant des affaires plus anciennes évoquées par le professeur.
He must have known of the older matters mentioned by the professor.

L'histoire de l'inspecteur Legrasse
The Tale of Inspecter Legrasse

Permettez-moi de détourner votre attention du jeune sculpteur.
Let me turn your attention away from the young sculptor.
Concentrons-nous maintenant sur la seconde moitié du manuscrit.
And let us focus on the second half of the manuscript.
Quelques rêves seulement n'auraient pas eu autant d'importance.
A few dreams alone would not have been so significant.
On aurait pu considérer le bas-relief comme un canular.
The bas-relief could have been dismissed as a hoax.
Mais mon oncle avait déjà été préparé à s'y intéresser.
But my uncle had previously been primed to take interest.
Le rêve de Wilcox semblait avoir un lien avec des événements passés.
Wilcox's dream seemed to have a link to past events.
Ce n'était pas la première fois qu'il entendait ce mot.
It wasn't the first time that he had heard that word.
Les syllabes inquiétantes, peut-être écrites « Cthulhu ».
The ominous syllables perhaps written as "Cthulhu".
Il avait déjà vu et entendu des descriptions similaires.
He had seen and heard of similar descriptions before.
Les contours infernaux de la monstruosité sans nom.
The hellish outlines of the nameless monstrosity.
Il s'était déjà interrogé sur les mêmes hiéroglyphes.
He had previously puzzled over the same hieroglyphics.
Tout cela a engendré un terrible enchaînement d'événements.
All this produced a horrible connection of events.
Il n'est pas étonnant qu'il ait harcelé le jeune Wilcox de questions.
It is no wonder he pursued young Wilcox with queries.
Et nous ne devons pas être surpris qu'il ait interrogé Wilcox de cette manière.

And we must not be surprised he interrogated Wilcox so.

Cette première expérience remontait à 1908.

This earlier experience had come in the year of 1908.

Dix-sept ans avant que Wilcox n'arrive chez mon grand-oncle.

Seventeen years before Wilcox came to my great-uncle.

La société archéologique se réunissait à Saint-Louis.

The archeological society were meeting in St. Louis.

Le professeur Angell a joué un rôle de premier plan dans les délibérations.

Professor Angell had a prominent part in the deliberations.

Ses responsabilités étaient à la hauteur de son autorité.

His responsibilities befitted one of his authority.

Il fut l'un des premiers à être approché par plusieurs personnes extérieures à l'entreprise.

He was one of the first to be approached by several outsiders.

Ils ont profité de la réunion pour poser des questions.

They took advantage of the convocation to offer questions.

Ils espéraient obtenir une réponse correcte de la part d'un expert.

They hoped for correct answering from an expert.

Chacun d'eux avait des problèmes très particuliers.

They each had very peculiar types of problems.

Et elles nécessitaient des solutions très différentes.

And they required very different types of solutions.

Le chef de ces hommes était un homme d'âge mûr d'apparence ordinaire.

The chief of these was a common-looking middle-aged man.

Et il devint rapidement le centre d'intérêt de la réunion.

And he quickly became the meeting's focus of interest.

***

Il avait fait le voyage depuis la Nouvelle-Orléans jusqu'à Saint-Louis.

He had traveled to St. Louis all the way from New Orleans.

Il était venu à la réunion pour obtenir des informations spécifiques.
He had come to the meeting for special information.
Des connaissances qu'on ne pouvait obtenir que de sources locales.
Knowledge that could not be unobtained from local source.
Il s'appelait John Raymond Legrasse, inspecteur de police.
His name was John Raymond Legrasse, police inspector.
Il supportait avec lui le sujet mystérieux de ses recherches.
He bore with him the mysterious subject of his inquiries.
Une statuette en pierre grotesque et apparemment très ancienne.
A grotesque and apparently very ancient stone statuette.
Une statuette dont personne n'avait pu déterminer l'origine.
A statuette whose origin no one had been able to determine.
Mais ne présumez pas que l'inspecteur Legrasse était un archéologue.
But don't assume Inspector Legrasse was an archeologist.
Il s'intéressait très peu à l'archéologie, ni à la mythologie.
He had very little interest in archeology, nor mythology.
Son désir d'illumination était motivé par des raisons assez différentes.
His wish for enlightenment had rather different motivations.
Sa venue était motivée par des considérations purement professionnelles.
He was prompted to come by purely professional considerations.
La statuette avait été saisie lors d'une descente de police.
The statuette had been captured as part of a police raid.
On n'a toutefois pas déterminé s'il s'agissait même d'une statuette.
Although whether it was even a statuette wasn't determined.
Il pourrait aussi s'agir d'une idole, d'un fétiche magique ou d'un porte-bonheur.
It could also have been an idol, magic fetish, or charm.
Quel que soit l'objet, il avait été capturé quelques mois auparavant.

Whatever it was, it had been captured some months previously.

Une réunion se tenait dans les marais boisés de la Nouvelle-Orléans.

A meeting was being held in the wooded swamps of New Orleans.

La police avait été informée d'une supposée réunion vaudou.

The police had been tipped of about a supposed voodoo meeting.

Des rites étranges et hideux liés au cercle vaudou.

Strange and hideous rites connected with the voodoo circle.

La police ne put s'empêcher de réaliser sur quoi elle était tombée.

The police could not but realize what they had stumbled on.

Une secte obscure jusqu'alors totalement inconnue des autorités.

A dark cult previously totally unknown to the authorities.

Infiniment plus sinistre que ce à quoi un étranger pourrait s'attendre.

Infinitely more sinister than what an outsider could expect.

Plus diabolique que les cercles vaudous africains les plus sombres.

More diabolic than the blackest of the African voodoo circles.

Des récits incroyables ont été extorqués aux membres de la secte capturés.

Unbelievable tales were extorted from the captured cult members.

Mais on n'a rien pu découvrir sur l'origine de la relique.

But nothing of the relic's origin could be discovered.

D'où l'inquiétude de la police face à tout savoir ancien.

Hence the anxiety of the police for any antiquarian lore.

La mythologie antique pourrait expliquer ce symbole effrayant.

Ancient mythology might explain the frightful symbol.

Des connaissances plus approfondies permettraient peut-être de remonter à la source.

Deeper knowledge could perhaps track the fountain-head.

L'inspecteur Legrasse n'était pas préparé à l'effervescence qu'il a provoquée.

Inspector Legrasse was not prepared for the excitement he created.

Un seul regard sur cet objet mystérieux suffisait.

One sight of the mysterious object was all that was required.

Les hommes de science réunis étaient remplis de curiosité.

The assembled men of science were filled with curiosity.

Ils n'ont pas perdu de temps pour se presser autour de l'inspecteur.

They lost no time in crowding closely around the inspector.

Et tous essayèrent d'avoir la meilleure vue possible sur cette silhouette minuscule.

And they all tried to get the best look at the diminutive figure.

***

Cette antiquité véritablement abyssale a inspiré une imagination débordante.

The genuinely abysmal antiquity inspired wild imagination.

Cette étrangeté évoquait avec force des perspectives inexplorées et archaïques.

The strangeness hinted so potently at unopened and archaic vistas.

Aucune école de sculpture reconnue n'avait animé cet objet terrible.

No recognized school of sculpture had animated this terrible object.

Pourtant, des siècles semblaient inscrits dans la surface sombre et verdâtre.

Yet centuries seemed recorded in the dim and greenish surface.

Peut-être des milliers d'années étaient-elles cachées dans cette pierre insaisissable.

Perhaps thousands of years were hidden in this unplaceable stone.

La figurine a finalement été transmise lentement d'homme en homme.

The figurine was finally passed slowly from man to man.

Chaque scientifique a étudié attentivement les étranges marques de la pierre.

Each scientist carefully studied the strange markings of the stone.

L'œuvre mesurait entre sept et huit pouces de hauteur.

The work was between seven and eight inches in height.

Il convient également de souligner l'excellence du travail artistique.

And the exquisite artistic workmanship must be noted.

Les sculptures représentaient un monstre aux contours vaguement anthropoïdes.

The carvings represented a monster of vaguely anthropoid outline.

La tête, semblable à celle d'une pieuvre, était recouverte d'une multitude de tentacules.

On the face of the octopus-esque head was a mass of feelers.

Des griffes prodigieuses, situées aux pattes avant et arrière, jaillissaient du corps.

Prodigious claws on hind and fore feet protruded from the body.

Cette corpulence gonflée avait un aspect caoutchouteux.

The bloated corpulence had a rubbery looking quality to it.

Et de derrière ce corps caoutchouteux sortirent deux ailes étroites.

And from behind the rubbery body came out two narrow wings.

Il serait instinctif de considérer cette chose comme terrifiante.

It would be instinctual to think of this thing as fearsome.

L'aura de la créature dégageait une malignité surnaturelle.

There was an unnatural malignancy to the aura of the creature.

L'énorme créature était accroupie de façon maléfique sur un bloc rectangulaire.

The gargantuan squatted evilly on a rectangular block.

Le piédestal sur lequel il reposait était recouvert de caractères indéchiffrables.

The pedestal it was on was covered with undecipherable characters.

Le bout des ailes touchait le bord arrière du bloc.

The tips of the wings touched the back edge of the block.

La créature était assise au milieu du bloc géant.

The creature was sitting on the middle of the giant block.

Ses pattes étaient repliées sous son corps monstrueux.

Its legs were doubled up under its monstrous body.

Les longues griffes recourbées agrippaient le bord avant de la falaise.

The long, curved claws gripped the front edge of the cliff.

La tête du céphalopode était penchée en avant, observant son règne.

The cephalopod head was bent forward, observing its kingdom.

L'extrémité des antennes faciales effleurait le dos d'énormes pattes antérieures.

The ends of the facial feelers brushed the backs of huge forepaws.

Et les pattes avant agrippèrent les genoux relevés du chien accroupi.

And the forepaws clasped the croucher's elevated knees.

L'aspect de cette scène grotesque était d'un réalisme troublant.

The appearance of the grotesque scene was abnormally lifelike.

Mais ce réalisme saisissant n'était qu'une raison supplémentaire, plus subtile, d'avoir peur.

But this lifelike quality only added a subtle reason to be more fearful.

Parce que nous ne savions rien de la source de cette représentation.

Because we knew nothing about the source of the depiction.

L'âge immense, impressionnant et incalculable de la créature était indéniable.

The creature's vast, awesome, and incalculable age was unmistakable.

Mais cette représentation ne montrait aucun lien avec aucun type d'art connu.

But not one link did the depiction show with any known type of art.

Même les civilisations les plus anciennes n'ont fait aucune mention de cette créature.

Not even the earliest civilizations made reference to this creature.

Mais ce n'est pas le seul point où nos connaissances nous ont fait défaut.

But that is not the only point at which our knowledge failed us.

***

La minéralogie de la pierre était elle aussi un mystère complet.

The mineralogy of the stone was also a complete mystery.

Des paillettes dorées parsemaient la pierre savonneuse, d'un noir verdâtre.

Gold specks dotted the soapy, greenish-black stone.

Des stries irisées couraient sur toute la longueur de la pierre.

Iridescent striations ran along the length of the stone.

En résumé, cette pierre ne ressemblait à rien du point de vue minéralogique.

In short, the stone resembled nothing within mineralogy.

Les géologues n'avaient pas non plus réussi à identifier la pierre.

Geologists hadn't been able to identify the stone either.

Les hiéroglyphes gravés sur la pierre étaient tout aussi déconcertants.

The hieroglyphs along the stone were equally baffling.

Le système d'écriture était terriblement différent des autres systèmes d'écriture.

The writing system was horribly different than other scripts.

La moitié des plus grands experts mondiaux étaient présents.

A representation of half the world's leading experts was present.

Mais aucun lien avec un système d'écriture connu n'a pu être établi.

But no link to any known writing system could be established.

Tout évoquait de façon terrifiante un cycle de vie ancien et profane.

Everything frightfully suggested an old and unhallowed cycle of life.

Une histoire dans laquelle notre monde et nos conceptions n'ont joué aucun rôle.

A history in which our world and our conceptions played no part.

Les experts secouèrent la tête, admettant leur défaite.

The experts shook their heads, admitting they had been defeated.

Mais un expert n'a pas abandonné aussi vite.

But one expert did not give up quite so quickly.

Il prétendait avoir une connaissance étrange du sujet.

He claimed to have a touch of bizarre familiarity with the subject.

La forme monstrueuse et l'écriture ne lui étaient pas totalement inconnues.

The monstrous shape and writing weren't entirely new to him.

Avec une certaine timidité, il raconta les quelques bribes d'informations qu'il connaissait.

With some diffidence he told of the odd trifle he knew.

Il s'agissait de feu William Channing Webb.

This person was the late William Channing Webb.

Il était professeur d'anthropologie à l'université de Princeton.

He was professor of anthropology in Princeton University.

Et c'était un explorateur d'une importance non négligeable.

And he was an explorer of no small significance.

***

Il y a quarante-huit ans, il explorait le Groenland et l'Islande.

Forty-eight years ago he was exploring Greenland and Iceland.

Son groupe était à la recherche d'inscriptions runiques.

His group were in search of some Runic inscriptions.
Mais l'expédition n'a pas permis de mettre au jour d'inscriptions.
But the expedition failed to unearth any inscriptions.
Ils ont parcouru les hauteurs des côtes du Groenland occidental.
They trekked the heights of West Greenland's coasts.
Ils y rencontrèrent une étrange secte d'Esquimaux dégénérés.
Here they encountered a strange cult of degenerate Eskimos.
Leur religion consistait en une forme de culte du diable.
Their religion consisted of a form of devil-worship.
Et leurs rituels étaient délibérément sanguinaires et répugnants.
And their rituals were deliberately bloodthirsty and repulsive.
C'était une foi que les autres Inuits connaissaient peu.
It was a faith of which other Eskimos knew little.
Les habitants frémunissaient à l'évocation de leurs pratiques.
Locals shuddered at the mention of their practices.
Ils affirmaient que leurs croyances provenaient d'éons terriblement anciens.
They said their believes came from horribly ancient eons.
Une époque antérieure à la création du monde tel que nous le connaissons aujourd'hui.
A time before the world as we know it now had ever been made.
Il y avait des sacrifices humains et d'étranges rituels héréditaires.
There were human sacrifices and queer hereditary rituals.
Et tout leur culte était dirigé vers un tornasuk suprême.
And all their worship was directed at a supreme tornasuk.
Le professeur Webb avait réalisé une copie phonétique à partir d'un vieil angekok.
Professor Webb had taken a phonetic copy from an aged angekok.
Il avait retranscrit au mieux les chants du prêtre-magicien.
He had transcribed the wizard-priest's chants as best he could.

Mais, pour l'instant, ces transcriptions n'avaient pas une importance capitale.

But currently these transcriptions weren't of prime significance.

Le culte vénérait une pierre précieuse.

The cult had a cherished stone that they worshipped.

Ils dansaient avec frénésie lorsque l'aurore boréale jaillissait au-dessus des falaises de glace.

They danced wildly when the aurora leaped over the ice cliffs.

Et au milieu de leur danse se trouvait l'étrange pierre.

And in the midst of their dance was the strange stone.

Il s'agissait, selon le professeur, d'un bas-relief en pierre très grossier.

It was, the professor stated, a very crude bas-relief of stone.

La pierre comportait une image hideuse et une inscription cryptique.

The stone comprised a hideous picture and some cryptic writing.

Et d'après ce qu'il pouvait en juger, cette pierre présentait un parallèle approximatif.

And as far as he could tell this stone was a rough parallel.

La pierre possédait toutes les caractéristiques essentielles des choses bestiales.

The stone had all the same essential features of bestial things.

Les scientifiques ont accueilli ces données avec suspense et stupéfaction.

The scientists received this data with suspense and astonishment.

Même l'inspecteur Legrasse s'était rapidement intéressé à la mythologie.

Even Inspector Legrasse had quickly gained an interest in mythology.

Et il commença aussitôt à bombarder son informateur de questions.

And he began at once to ply his informant with questions.

Il possédait des notes sur le rituel oral des adorateurs du culte dans le marais.

He had notes of the oral ritual of the cult-worshipers in the swamp.

Il supplia le professeur de se souvenir des chants diaboliques des Esquimaux.

He besought the professor to remember the diabolist Eskimos' chants.

S'en est suivie une comparaison exhaustive des détails.

There then followed an exhaustive comparison of details.

S'ensuivit un moment de silence empreint d'admiration.

And there then followed a moment of really awed silence.

Les sorciers esquimaux et les prêtres des marais de Louisiane étaient aux antipodes.

The Eskimo wizards and the Louisiana swamp-priests were worlds apart.

Et pourtant, il existait une phrase que les deux rituels infernaux avaient en commun.

And yet there was a phrase the two hellish rituals had in common.

"Ph'nglui mglw'nafh Cthulhu R'lyeh wgah'nagl fhtagn."

"Ph'nglui mglw'nafh Cthulhu R'lyeh wgah'nagl fhtagn."

***

Legrasse avait un avantage sur le professeur Webb.

Legrasse had one advantage over Professor Webb.

Il avait parlé à plusieurs de ses prisonniers bâtards.

He had spoken to several of his mongrel prisoners.

Certains d'entre eux avaient transmis la signification de cette expression.

Some of them had passed on the phrase's meaning.

"Dans sa demeure à R'lyeh, Cthulhu mort attend en rêvant."

"In his house at R'lyeh dead Cthulhu waits dreaming."

L'attention se reporta donc sur l'inspecteur Legrasse.

So the attention turned back to Inspector Legrasse.

Et il a été bombardé de nombreuses questions sans lien apparent avec les autres.

And he was probed with many disconnected questions.

Il a décrit en détail son expérience avec les fidèles du marais.

He detailed his experience with the worshipers from the swamp.

Mon oncle accordait une importance profonde à cette histoire.

My uncle attached profound significance to the story.

Le rapport avait le goût des rêves les plus fous des créateurs de mythes.

The report savored of the wildest dreams of myth-makers.

Les théosophes n'auraient pas pu faire preuve de plus d'imagination.

Theosophists could not have provided more imagination.

Mais ces philosophies provenaient de sources inattendues.

But the philosophies came from unexpected sources.

Les métis et les parias racontaient ces histoires fantastiques.

Half-castes and pariahs told these fantastical stories.

Le 1er novembre 1907, une série d'événements se déroulèrent.

On November 1st, 1907, his chain of events unfolded.

La police de la Nouvelle-Orléans a reçu des appels désespérés.

The New Orleans police received desperate calls.

Ils furent appelés dans la région des marais et des lagunes du sud.

They were called to the swamp and lagoon country to the south.

Les colons qui vivaient là étaient pour la plupart primitifs, mais de bonne nature.

The settlers there were mostly primitive, but good-natured.

La plupart des habitants des environs du marais étaient des descendants des hommes de Lafitte.

Most living by the swamp were descendants of Lafitte's men.

Mais à présent, ils étaient en proie à une terreur absolue.

But now they were in the grip of stark terror.

Une chose inconnue les avait surpris pendant la nuit.

An unknown thing had stolen upon them in the night.

Il semblerait que ce soit le vaudou qui ait provoqué le trouble.

It was voodoo, apparently, that caused the disturbance.

Mais c'était un vaudou différent des autres formes de vaudou.

But it was a voodoo unlike the other forms of voodoo.

Du vaudou d'une nature plus terrible que tout ce qu'ils avaient jamais connu.

Voodoo of a more terrible sort than they had ever known.

Certaines de leurs femmes et de leurs enfants avaient disparu.

Some of their women and children had disappeared.

Un tambourinage maléfique avait commencé son martèlement incessant.

A malevolent drumming had begun its incessant beating.

Au plus profond de ces bois sombres et hantés.

Far and deep within those dark, black haunted woods.

Là, où aucun habitant n'osait s'aventurer.

There, where no dweller dared to ventured close to.

Il y avait des cris insensés et des hurlements déchirants.

There were insane shouts and harrowing screams.

Des chants à glacer le sang et des flammes diaboliques dansantes.

Soul-chilling chants and dancing devil-flames.

Le messager et son peuple n'en pouvaient plus.

The messenger and his people could stand it no more.

Un groupe de vingt policiers s'est mis en route en fin d'après-midi.

A body of twenty police set out in the late afternoon.

Et un colon transi de froid les accompagnait pour leur servir de guide.

And a shivering settler came with them as a guide.

***

Au bout de la route praticable, ils descendirent.

At the end of the passable road they alighted.

Pendant des kilomètres et des kilomètres, ils ont pataugé en silence.

For miles and miles they splashed on in silence.

Et ils continuèrent leur chemin à travers les terribles bois de cyprès.

And they went on through the terrible cypress woods.

Des bois sombres, très sombres, où ce jour n'arrivait presque jamais.

Dark, dark woods in which day but almost never came.

Des racines disgracieuses leur tendent des pièges dans le sol humide.

Ugly roots set traps for them in the wet ground.

Des nœuds coulants maléfiques faits de mousse espagnole les encerclaient.

Malignant hanging nooses of Spanish moss beset them.

Au loin, le village apparut lentement à l'horizon.

In the distance the settlement slowly came into sight.

Les habitants, pris d'hystérie, s'enfuirent en courant de leurs misérables cabanes.

Hysterical dwellers ran out of the miserable huts.

Ils se regroupèrent autour des lanternes qui se balançaient.

They clustered around the group of bobbing lanterns.

Très loin, on pouvait entendre la cause de toute cette peur.

Far, far ahead the cause of all the fear could be heard.

Le rythme étouffé des tambours était désormais faiblement audible.

The muffled beat of drums was now faintly audible.

Par moments, le vent tournait et laissait apparaître des sons différents.

At times the wind shifted and revealed different sounds.

Des cris stridents et rauques se faisaient entendre à intervalles irréguliers.

Curdling shrieks were audible at infrequent intervals.

Une lueur rougeâtre semblait filtrer à travers les sous-bois.

A reddish glare seemed to filter through the undergrowth.

Les colons étaient réticents à l'idée d'être à nouveau laissés seuls.

The settlers were reluctant to be left alone again.

Mais eux aussi ont catégoriquement refusé d'aller de l'avant.

But they point blank refused to move forwards either.

L'inspecteur et ses collègues se lancèrent donc à l'aventure sans guide.

So the inspector and his colleagues plunged on unguided.

Et ils pénétrèrent dans les sombres galeries de l'horreur.

And they went into the black arcades of horror.

La région avait traditionnellement mauvaise réputation.

The region was one of traditionally evil repute.

Ces terres étaient en grande partie inconnues des hommes blancs.

The lands were substantially unknown by white men.

Peu d'explorateurs avaient encore parcouru ces régions.

Not many explorers had traversed those regions yet.

Il existait aussi des légendes sur un lac caché.

There were also legends of a hidden away lake.

Une étendue d'eau encore invisible à l'œil nu.

A body of water still unglimpsed by mortal sight.

On disait qu'une étrange créature vivait dans ce lac.

In the lake it was said there dwelt a strange creature.

Une énorme chose blanche, informe et polypoïde, avec un œil lumineux.

A huge, formless white polypous thing with luminous eye.

Et les colons murmuraient à propos de diables ailés.

And settlers whispered about bat-winged devils.

Ils jaillirent des cavernes situées à l'intérieur de la terre.

They flew up out of caverns from the inner earth.

Et ensemble, les démons l'adorent à minuit.

And together the demons worship it at midnight.

Ils ont dit que c'était déjà là avant D'Iberville.

They said it had been there before D'Iberville.

Ils ont dit que c'était déjà là avant La Salle.

They said it had been there before La Salle too.

Ils ont dit que c'était là avant les Amérindiens.

They said it was there before the Native Americans.

Peut-être même était-ce là avant ces animaux bienfaisants.

Perhaps it was even there before the wholesome beasts.

C'était un cauchemar en soi qui faisait rêver les hommes.

It was a nightmare itself that made men dream.

Et voir cette chose revenait à mourir.

And to see the thing was the same as death.

Ils ont donc eu suffisamment d'avertissement pour savoir qu'il valait mieux rester à l'écart.

And so they had enough warning to know to keep away.

Car c'était bien là où on les avait avertis.

Because it was indeed where they were warned it was.

L'orgie vaudou se déroulait à la périphérie de cette zone abhorrée.

The voodoo orgy was on the fringe of this abhorred area.

Mais l'emplacement était déjà suffisamment mauvais en soi.

But the location was already bad enough by itself.

Les pratiques vaudou ne faisaient qu'ajouter à l'horreur.

The voodoo activities only added to the horror.

Peut-être que la poésie pourrait rendre justice aux bruits entendus.

Perhaps poetry could do justice to the noises heard.

Autrement, seule la folie permettrait de comprendre.

Otherwise only madness would help one understand.

Mais Legrasse a continué à labourer le bourbier noir.

But Legrasse's plowed on through the black morass.

Le son étouffé des tambours se cristallisa lentement.

The sound of the muffled drumming slowly crystalized.

Et ils continuèrent à se diriger régulièrement vers la lueur rouge.

And they continued steadily towards the red glare.

*****

Il existe des qualités vocales spécifiques aux hommes.

There are vocal qualities specific to men.

Et il existe des qualités vocales spécifiques aux animaux.

And there are vocal qualities specific to beasts.

C'est terrible quand l'un imite les sons de l'autre.

It is terrible when one makes the sounds of the other.
La fureur animale les a libérés de leurs contraintes humaines.
Animal fury freed them of their human restraint.
La licence orgiaque les a menés à des sommets démoniaques.
Orgiastic license whipped them into demoniac heights.
Des hurlements qui déchiraient ces bois perpétuellement sombres.
Howls that tore through those perpetually dark woods.
Des cris d'extase qui résonnaient dans l'esprit de chacun.
Squawking ecstasies that echoed in everyone's mind.
On dirait des tempêtes pestilentielles venues des profondeurs de l'enfer.
Sounds like pestilential tempests from the gulfs of hell.
De temps à autre, les ululements les moins organisés cessaient.
Now and then the less organized ululations would cease.
Un chœur bien rodé de voix rauques s'éleva en un chant mélodieux.
A well-drilled chorus of hoarse voices rose in singsong.
Et ils scandèrent cette phrase hideuse de leur rituel.
And they chanted that hideous phrase of their ritual.
"Ph'nglui mglw'nafh Cthulhu R'lyeh wgah'nagl fhtagn"
"Ph'nglui mglw'nafh Cthulhu R'lyeh wgah'nagl fhtagn"
Puis les hommes atteignirent un endroit où les arbres étaient plus clairsemés.
Then the men reached a spot where the trees were sparser.
Soudain, ils aperçoivent le spectacle lui-même.
Suddenly they come in sight of the spectacle itself.
Quatre d'entre eux étaient sous le choc des horreurs qu'ils avaient vues.
Four of them reeled from the horrible things they saw.
Un homme s'est évanoui, et deux autres, secoués, se sont mis à crier de façon frénétique.
One man fainted, and two were shaken into a frantic cry.
Heureusement, leurs cris n'ont pas été entendus par d'autres oreilles.
Fortunately their screams were not heard by other ears.

Le vacarme infernal de l'orgie étouffa leurs cris.

The mad cacophony of the orgy deadened their screams.

Legrasse a aspergé l'homme évanoui d'eau du marais.

Legrasse splashed swamp water on the fainting man.

Ils se relevèrent, mais comme hypnotisés par l'horreur.

They stood up again, but nearly hypnotized with horror.

Dans une clairière naturelle du marais se dressait une île herbeuse.

In a natural glade of the swamp stood a grassy island.

L'île herbeuse s'étendait sur environ un acre.

The grassy island extended perhaps for an acre.

La zone était dépourvue d'arbres et relativement sèche.

And the area was clear of trees and tolerably dry.

Une horde d'êtres humains anormaux bondit et se tordit.

A horde of human abnormality leaped and twisted.

Aucun Sime ne pouvait peindre ce que les hommes voyaient.

No Sime could paint what the men were seeing.

Aucun Angarola n'a jamais peint une scène aussi indescriptible.

No Angarola has ever painted such an indescribable scene.

La progéniture hybride a créé un monstrueux feu de joie en forme d'anneau.

The hybrid spawn made a monstrous ring-shaped bonfire.

Ils braillaient, beuglaient et se tordaient de plaisir dans leur nudité.

They brayed bellowed and writhed about in their nudity.

De temps à autre, des brèches apparaissaient dans le rideau de flammes.

Occasionally there were rifts in the curtain of flame.

Et là, l'objet de leur culte se révéla.

And there the object of their worship revealed itself.

Au milieu des flammes se dressait un grand monolithe de granit.

In the midst of the fire stood a great granite monolith.

La structure en pierre ne mesurait qu'environ huit pieds de haut.

The stone structure was only about eight feet in height.

Et la statuette sculptée, à l'aspect nauséabond, reposait sur le monolithe.

And the noxious carven statuette rested on the monolith.

La taille minuscule de l'objet inutilisé paraissait presque incongrue.

The idle was almost incongruous in its diminutiveness.

Des échafaudages, espacés régulièrement, avaient été érigés autour du feu.

Spaced evenly, scaffolds had been erected around the fire.

De l'échafaudage pendaient plusieurs corps mutilés.

From the scaffolding hung a number of marred bodies.

Les corps de ceux qui avaient disparu des environs.

The bodies of those that had disappeared from nearby.

C'est à l'intérieur de ce cercle que se trouvait le cercle des fidèles.

It was inside this circle the ring of worshipers were.

Et ils rugissaient et sautaient dans une transe frénétique.

And they roared and jumped in the frantic trance.

Le sens général du mouvement était antihoraire.

The general direction of the motion was anti-clockwise.

Le cercle de corps encerclant le cercle de feu.

The ring of bodies circling around the ring of fire.

Un homme s'est souvenu d'autres détails encore plus inquiétants.

One man recollected other details even more concerning.

Mais peut-être que les échos l'ont amené à entendre d'autres choses.

But perhaps the echoes induced him to hear other things.

Il crut entendre des réponses en alternance au rituel.

He fancied he heard antiphonal responses to the ritual.

Des bruits provenant d'un endroit non éclairé, plus profondément dans les bois.

Noises from an unillumined spot deeper within the woods.

Cet homme, Joseph D. Galvez, je l'ai rencontré et interrogé plus tard.

This man, Joseph D. Galvez, I later met and questioned.

Et il s'est avéré être, en effet, d'une imagination débordante.

And he proved to indeed be distractingly imaginative.

Il a même laissé entendre le faible battement de grandes ailes.

He even hinted at the faint beating of great wings.

Et il a laissé entendre qu'on pouvait apercevoir des yeux brillants.

And he suggested there was a glimpse of shining eyes.

Et au-delà des arbres, une masse blanche et montagneuse, quelque chose qui ressemblait à une montagne.

And beyond the trees, a mountainous white bulk of something.

Je suppose qu'il avait trop entendu parler des superstitions indigènes.

I suppose he had heard too much native superstition.

Mais en réalité, ce silence horrifié fut relativement bref.

But actually the horrified pause was relatively brief.

Le devoir passait avant tout, et ils étaient venus pour accomplir une tâche.

Duty came first, and they had come to do a job.

***

Il devait y avoir près d'une centaine de participants bâtards.

There must have been nearly a hundred mongrel celebrants.

Mais la police a pu compter sur ses armes à feu.

But the police were able to rely on their firearms.

Et ils se jetèrent résolument dans la déroute nauséabonde.

And they plunged determinedly into the nauseous rout.

Pendant cinq minutes, le vacarme chaotique était indescriptible.

For five minutes the chaotic din was beyond description.

Des coups violents ont été portés et des coups de feu ont été tirés.

Wild blows were struck and shots were fired.

Certains ont échappé à l'arrestation en courant dans l'obscurité.

Some escaped arrest by running into the darkness.

Ils connaissaient mieux la configuration du marais.

They had a better knowledge of the layout of the swamp.

Mais Legrasse et ses hommes en ont capturé environ la moitié.

But Legrasse and his men caught around half of them.

Et ils ont dénombré environ quarante-sept prisonniers à l'air renfrogné.

And they counted around forty-seven sullen prisoners.

Ils ont été contraints de se rhabiller.

They were forced to put on their clothes again.

Et ils se mirent en rang entre deux rangées de policiers.

And they fell into line between two rows of policemen.

Cinq des fidèles gisaient morts près du feu.

Five of the worshipers lay dead by the fire.

Deux prisonniers grièvement blessés ont été évacués.

Two severely wounded prisoners were carried away.

Bien sûr, l'image sur le monolithe a été effacée.

Of course the image on the monolith was removed.

Legrasse a lui-même apporté les preuves au poste de police.

Legrasse himself took the evidence to the police station.

Le voyage de retour au quartier général fut extrêmement éprouvant.

The trip back to the headquarters was of intense strain.

Les hommes ont été examinés à leur retour à la civilisation.

The men were examined when they got back to civilization.

Tous les prisonniers se sont révélés être des hommes de très basse condition.

The prisoners all proved to be men of a very low type.

Ils étaient tous métis et mentalement aberrants.

They were all mixed-blooded, and mentally aberrant.

La plupart étaient marins de métier, ou exerçaient des professions similaires.

Most were seamen by trade, or some similar professions.

Des Noirs et des mulâtres étaient disséminés parmi eux.

Negroes and mulattoes were sprinkled among them.

Mais la plupart semblaient être des Antillais ou des Portugais de Brava.

But most seemed to be West Indians or Brava Portuguese.

Ils provenaient principalement des îles du Cap-Vert.

They primarily came from the Cape Verde Islands.

Ils ont donné à ce culte hétérogène une teinte vaudou.

They gave the heterogeneous cult a coloring of voodooism.

Mais il n'était même pas nécessaire de poser trop de questions.

But there wasn't even a need to ask too many questions.

La conclusion s'est rapidement imposée d'elle-même.

The conclusion quickly became manifest by itself.

Il s'agissait de quelque chose de bien plus profond que le fétichisme des Noirs.

Something far deeper than negro fetishism was involved.

Bien qu'ignorants, leur récit était cohérent.

Although ignorant, but their story was consistent.

Toutes ces créatures parlaient de la même idée centrale.

The creatures all spoke of the same central idea.

Ils partageaient tous assurément la même foi odieuse.

They certainly all shared the same loathsome faith.

Ils vénéraient, disaient-ils, les grands anciens.

They worshiped, so they said, the great old ones.

Les grands anciens vivaient bien avant l'apparition des hommes.

The great old ones lived long before there were any men.

Et ils vinrent du ciel dans le jeune monde.

And they came to the young world out of the sky.

Ces anciens modèles avaient disparu, expliquèrent-ils.

Those old ones were now gone, they explained.

Ils se trouvaient désormais à l'intérieur de la terre et sous la mer.

They were now inside the earth and under the sea.

Mais leurs cadavres ont trouvé le moyen de révéler leurs secrets.

But their dead bodies found ways to tell their secrets.

Ils murmuraient dans les rêves des premiers hommes.

They whispered into the dreams of the first men.

Et les premiers hommes formèrent un culte qui n'a jamais disparu.

And the first men formed a cult which has never died.

***

Le culte avait toujours existé et existerait toujours.
The cult had always existed, and always would exist.
Leurs partisans étaient cachés dans des déserts du monde entier.
Their followers were hidden in wastes all over the world.
Leurs disciples se trouvaient dans des endroits obscurs que les explorateurs négligeaient.
Their followers were in dark places explorers overlooked.
Et ils resteraient cachés jusqu'à ce qu'on les appelle.
And they would remain hidden until they were called.
Quand le grand prêtre Cthulhu reviendra à la surface.
When the great priest Cthulhu rises again to the surface.
Quand Cthulhu soumettra à nouveau la Terre à son emprise.
When Cthulhu brings the earth again beneath his sway.
Lorsque Cthulhu quitte sa sombre demeure dans la puissante cité de R'lyeh.
When Cthulhu leaves from his dark house in the mighty city of R'lyeh.
Un jour, il appellerait, quand les étoiles seraient prêtes.
Some day he was going call, when the stars were ready.
Et la secte secrète sera toujours là pour le libérer.
And the secret cult will always be waiting to liberate him.
Pour le moment, il n'est plus nécessaire de raconter son histoire.
Meanwhile, no more of his story must be told.
Il y avait un secret que même la torture ne pouvait extorquer.
There was a secret even torture could not extract.
L'humanité n'était pas seule parmi les êtres conscients de la Terre.
Mankind was not alone among the conscious things of earth.
Car des formes surgissaient des ténèbres pour rendre visite aux quelques fidèles.
Because shapes came out of the dark to visit the faithful few.

Mais il ne s'agissait pas des grands anciens.
But these were not the great old ones.
Aucun homme n'avait jamais vu les grands anciens.
No man had ever seen the great old ones.
L'idole sculptée représentait le grand Cthulhu.
The carven idol was of great Cthulhu.
Nul ne pouvait dire si les autres lui ressemblaient.
None could say whether the others were like him.
Plus personne ne pouvait lire les anciens écrits.
No one could read the old writing now.
Les choses se transmettaient plutôt de bouche à oreille.
Instead, things were told by word of mouth.
Le rituel chanté n'était pas le secret.
The chanted ritual was not the secret.
Le secret n'a jamais été prononcé à voix haute, seulement chuchoté.
The secret was never spoken aloud, only whispered.
Le chant signifiait une seule et unique chose :
The chant meant one thing, and one thing alone:
"Dans sa demeure à R'lyeh, Cthulhu mort attend en rêvant."
"In his house at R'lyeh dead Cthulhu waits dreaming."
Seuls deux des prisonniers ont été jugés suffisamment sains d'esprit pour être pendus.
Only two of the prisoners were found sane enough to be hanged.
Les autres ont été placés dans diverses institutions.
The rest of them were committed to various institutions.
Tous ont nié avoir participé aux meurtres rituels.
All denied to have taken any part in the ritual murders.
Ils ont affirmé que le meurtre avait été commis par autre chose.
They said the killing had been done by something else.
« Ceux aux ailes noires », insistèrent-ils chacun séparément.
"The black-winged ones," they each insisted, separately.
Ils étaient venus à eux depuis leur lieu de rencontre immémorial.
They had come to them from their immemorial meeting-place.

Ils avaient surgi des bois hantés.

They had arisen out from the haunted woodlands.

Mais les récits concernant ces mystérieux alliés étaient incohérents.

But the stories of mysterious allies were inconsistent.

***

Les éléments que la police a obtenus provenaient principalement d'un seul homme.

What the police did extract came mainly from one man.

Un métis extrêmement âgé nommé Castro.

An immensely aged mestizo named Castro.

Il prétendait avoir navigué jusqu'à des ports étranges.

He claimed to have sailed to strange ports.

Et il a dit qu'il était allé dans les montagnes de Chine.

And he said he had been to the mountains of China.

Là, il s'est entretenu avec les chefs immortels de la secte.

There he talked with undying leaders of the cult.

Le vieux Castro se souvenait de bribes d'une légende hideuse.

Old Castro remembered bits of hideous legend.

Ses légendes pâlissaient sur les spéculations des théosophes.

His legends paled the speculations of theosophists.

Ses récits donnaient l'impression que l'homme était une création récente.

His stories made man seem like a recent creation.

Même le monde était éphémère, selon son récit.

Even the world was transient in his account of things.

Il y avait eu des éons où d'autres Choses régnaient sur la terre.

There had been eons when other Things ruled on the earth.

Et ils avaient eu de grandes villes ici sur terre.

And they had had great cities here on the earth.

Les Chinois immortels lui confièrent des secrets bien gardés.

The deathless Chinamen told him reserved secrets.

Il lui avait dit que leurs ruines étaient encore visibles.

He had told him their ruins could still be found.

On trouvait encore des pierres cyclopéennes sur des îles du Pacifique.

There were still Cyclopean stones on islands in the Pacific.

Ils sont tous morts des époques immémoriales avant l'apparition de l'homme.

They all died vast epochs of time before man came.

Mais il existait des connaissances et des pratiques dans les arts anciens.

But there were knowledges and practices in ancients arts.

Des rituels spéciaux qui pourraient les faire renaître, avec le temps.

Special rituals which could revive them again, in time.

Dans le cycle de l'éternité, leur retour était inévitable.

In the cycle of eternity their return was inevitable.

Lorsque les étoiles se replaceront à nouveau dans les bonnes positions

When the stars come round again to the right positions

Eux-mêmes étaient en effet venus des étoiles.

They had, indeed themselves come from the stars.

« Ces grands anciens », poursuivit Castro.

"These great old ones," Castro continued.

Ils n'étaient pas entièrement composés de chair et de sang.

They were not composed entirely of flesh and blood.

« Elles avaient une forme », insista Castro avec assurance.

They had shape," Castro insisted, confidently.

Et il disposait d'étranges preuves de ce qu'il croyait.

And he had strange proof for what he believed.

Mais la forme qu'ils prirent n'était pas faite de matière.

But the shape they took on was not made of matter.

Lorsque les étoiles étaient à leur place.

When the stars were in their right positions.

Ils pourraient alors passer d'un monde à l'autre.

Then they could plunge from one world to another.

Parce qu'ils peuvent se déplacer seuls dans le ciel.

Because they can move themselves through the sky.

Mais lorsque les astres se trompent, ils ne peuvent pas vivre.

But when the stars were wrong, they cannot live.

Et il est vrai qu'ils ne vivent plus comme nous.

And it is true that they no longer live like we do.

Mais malgré cela, ils ne meurent jamais vraiment non plus.

But despite that, they never really die either.

Ils reposent dans des maisons de pierre, dans leur grande ville de R'lyeh.

They rest in stone houses in their great city of R'lyeh.

Ils sont préservés par les sorts du puissant Cthulhu.

They are preserved by the spells of mighty Cthulhu.

Ils restent donc là, immuables face au passage du temps.

So there they lie, unaffected by the passing of time.

Et ils attendent une autre glorieuse résurrection.

And they wait for another glorious resurrection.

Quand les étoiles et la terre seront de nouveau prêtes à les accueillir.

When the stars and earth are ready for them again.

Mais ils restent dépendants d'une force extérieure.

But they are still dependent on an outside force.

Une force extérieure a libéré leurs corps.

A force from outside served to liberate their bodies.

Les sorts les ont préservés et maintenus intacts.

The spells preserved them and kept them intact.

Mais les sorts les empêchaient aussi de se libérer.

But the spells also kept them from breaking free.

Ils ne pouvaient donc que rester éveillés dans le noir et réfléchir.

So they could only lie awake in the dark and think.

***

Entre-temps, des millions d'années s'écoulèrent.

In the meantime uncounted millions of years rolled by.

Ils savaient tout ce qui se passait dans l'univers.

They knew all that was occurring in the universe.

Parce que leur mode de communication était la pensée transmise.

Because their mode of speech was transmitted thought.

Même maintenant, ils parlaient dans leurs tombes.

Even now they were talking in their tombs.

Puis, après des éternités de chaos, apparurent les premiers hommes.

Then, after infinities of chaos, the first men came.

Les anciens sages s'adressaient aux plus sensibles d'entre eux.

The great old ones spoke to the sensitive among them.

Ils leur ont parlé en façonnant leurs rêves.

They spoke to them by molding their dreams.

C'était la seule façon pour leur langage d'atteindre l'esprit charnel des mammifères.

Only that way could their language reach the fleshly minds of mammals.

Puis, murmura Castro, ces premiers hommes ont formé le culte.

Then, whispered Castro, those first men formed the cult.

Ils s'organisèrent autour de petites idoles.

They organized themselves around small idols.

Les petites idoles que les grands leur avaient montrées.

The small idols which the great ones had shown them.

Des idoles ramenées d'époques obscures, d'étoiles sombres.

Idols brought from dim eras from dark stars.

Ce culte ne mourrait jamais tant que les astres ne seraient pas de nouveau alignés.

That cult would never die till the stars came right again.

Les prêtres secrets allaient emporter le grand Cthulhu de son tombeau.

The secret priests were going to take great Cthulhu from His tomb.

Et ils allaient ranimer ses sujets.

And they were going to revive His subjects.

Et Cthulhu allait alors reprendre son règne sur la Terre.

And then Cthulhu was going to resume His rule of earth.

Le moment opportun allait se révéler très clairement.

The right time was going to reveal itself quite clearly.

À ce moment-là, l'humanité sera devenue comme les grands anciens.

At that time mankind will have become as the great old ones.

Ils seront libres et sauvages, au-delà du bien et du mal.

They will be free and wild and beyond good and evil.

Les lois et la morale vont être mises de côté.

Laws and morals are going to be thrown aside.

Tous les hommes crieront, tueront et se réjouiront dans la joie.

All men will be shouting and killing and reveling in joy.

Alors les anciens libérés leur enseigneront les nouvelles voies.

Then the liberated old ones will teach them the new ways.

De nouvelles façons de crier, de tuer, de se réjouir et de s'amuser.

New ways to shout and kill and revel and enjoy.

Et toute la terre s'embrasera d'un holocauste d'extase et de liberté.

And all the earth will flame with a holocaust of ecstasy and freedom.

Parallèlement, le culte devait pratiquer les rites appropriés.

Meanwhile the cult had to practice the appropriate rites.

Ils devaient perpétuer le souvenir de ces coutumes ancestrales.

They had to keep alive the memory of those ancient ways.

Et ils durent préfigurer la prophétie de leur retour.

And they had to shadow forth the prophecy of their return.

Dans les temps anciens, des hommes élus parlaient avec les Anciens enterrés.

In the elder time chosen men spoke with the entombed Old Ones.

Les Anciens, ensevelis sous des tombeaux, leur parlèrent en rêve.

The entombed Old Ones spoke to them in their dreams.

Mais soudain, un événement perturba leurs moyens de communication.

But then something disturbed their means of communication.

La grande pierre de la ville de R'lyeh avait sombré sous les flots.

The great stone in the city R'lyeh had sunk beneath the waves.

Et les monolithes et les sépulcres étaient sous les eaux.

And the monoliths and sepulchers were beneath the waters.

Des eaux profondes emplies du mystère primordial.

Deep waters full of the one primal mystery.

Des eaux que même la pensée ne peut traverser.

Waters through which not even thought can pass.

De l'eau qui a interrompu leur communication spectrale.

Water that cut off their spectral communication.

Mais le souvenir des rites et des rituels ne s'est jamais éteint.

But the memory of the rites and rituals never died.

Et les grands prêtres ont déclaré que la ville se relèverait.

And high priests said that the city would rise again.

Lorsque les astres seraient alignés, Cthulhu allait revenir.

When the stars were right Cthulhu was going to return.

Les esprits noirs et moisis de la terre vont de nouveau ressurgir.

The moldy black spirits of the earth will come out again.

Des esprits noirs et ténébreux, porteurs de rumeurs obscures.

Shadowy black spirits full of dim rumors.

*****

Les esprits se rassemblaient dans des cavernes sous des fonds marins oubliés.

The spirits collected in caverns beneath forgotten sea-bottoms.

Mais le vieux Castro n'osait pas beaucoup parler de ces esprits.

But of those spirits old Castro dared not speak much.

Et il s'est rapidement interrompu dans la conversation.

And he hurriedly cut himself off from the topic.

Aucune persuasion ne pourrait obtenir davantage de résultats dans ce sens.

No amount of persuasion could elicit more in this direction.

Aucune subtilité ne pouvait le convaincre de parler de ces esprits.

No subtlety could convince him to speak of those spirits.

Il a curieusement omis de mentionner la taille des anciens.

The size of the old ones, too, he curiously declined to mention.

Et il parlait très peu du culte lui aussi.

And of the cult he spoke very little too.

Il pensait que le centre se situait au milieu des déserts sans chemins d'Arabie.

He thought the center lay amid the pathless deserts of Arabia.

Là, à Irem, la Cité aux Piliers, des rêves cachés et intacts.

There in Irem, the City of Pillars, dreams hidden and untouched.

Ce culte n'était pas affilié au culte des sorcières européen.

This cult was not allied to the European witch-cult.

Et la secte était pratiquement inconnue en dehors de ses membres.

And the cult was virtually unknown beyond its members.

Aucun livre n'avait jamais vraiment laissé entrevoir leur savoir.

No book had ever really hinted of their knowledge.

Bien que les Chinois immortels aient dit que le fou arabe Abdul Alhazred s'en était approché.

Though the deathless Chinamen said the mad Arab Abdul Alhazred came close.

Il a déclaré que son Necronomicon contenait des doubles sens.

He said that there were double meanings in his Necronomicon.

Les initiés étaient libres de le lire s'ils le souhaitaient.

The initiated were free to read it if they wanted to.

Et ils devraient prêter attention à un distique en particulier.

And they should pay attention to one couplet in particular.

« Ce qui n'est pas mort peut dormir pour l'éternité. »

"That which is not dead can sleep for eternity,"

"Et avec d'étranges éons, même la mort peut mourir."

"And with strange eons even death may die."

Legrasse avait été profondément impressionné par ce qu'il avait entendu.

Legrasse had been deeply impressed by what he heard.

Et il était quelque peu déconcerté par cette histoire.

And he was not a little bewildered by the tale.

Il s'est renseigné en vain sur les affiliations historiques de la secte.

He inquired in vain about the historic affiliations of the cult.

Castro avait apparemment dit la vérité au sujet du serment de secret.

Castro, apparently, had told the truth about the oath of secrecy.

Les autorités de l'université Tulane n'ont pas pu apporter beaucoup d'aide non plus.

The authorities at Tulane University could not offer much help either.

Ils n'ont pu apporter aucune lumière ni sur le culte, ni sur l'image.

The were not able to shed no light upon neither cult, nor the image.

Et maintenant, le détective s'était adressé aux plus hautes autorités du pays.

And now the detective had come to the highest authorities in the country.

Et il n'a entendu que le récit du professeur Webb au Groenland.

And he heard none other than Professor Webb' tale in Greenland.

***

Le récit de Legrasse suscita un vif intérêt lors de la réunion.

Legrasse's tale aroused feverish interest at the meeting.

L'histoire était importante non seulement par ses implications.

The story was not only significant in its implications.

Mais cette histoire était également corroborée par la statuette.

But the story was also corroborated by the statuette.

Cet enthousiasme se refléta dans la correspondance qui suivit.

The excitement echoed in the subsequent correspondence.

Les participants sont restés en contact étroit les uns avec les autres.

Those who attended stayed in close contact with each other.

Bien que les publications officielles n'en fassent que rarement mention.

Although scant mention occurs in the formal publications.

La prudence est la première vertu de ceux qui pratiquent le charlatanisme.

Caution is the first care of those accustomed to charlatanry.

Les impostures sont autant que possible écartées.

Impostures are kept out as much as it is possible.

Legrasse a prêté l'image au professeur Webb pendant un certain temps.

Legrasse for some time lent the image to Professor Webb.

Mais à la mort de ce dernier, l'image lui fut restituée.

But at the latter's death the image was returned to him.

Et l'image reste en possession de Legrasse.

And the image remains in Legrasse's possession.

C'est là que j'ai vu cette image terrible il n'y a pas si longtemps.

This is where I viewed the terrible image not long ago.

L'image est indéniablement semblable à la sculpture onirique de Wilcox.

The image is unmistakably akin to Wilcox' dream-sculpture.

Il n'est pas étonnant que mon oncle ait été si enthousiaste en écoutant son récit.

It was no wonder my uncle was so excited by his tale.

Et je ne suis pas surpris des efforts qu'il a déployés.

And I'm not surprised he made the efforts he made.

Il avait entendu tout ce que Legrasse savait de la secte.

He had heard everything Legrasse knew of the cult.

Et les rêves étranges et obsessionnels d'un jeune homme sensible.

And the strange cultish dreams of a sensitive young man.

Le bas-relief est identique à celui du marais.

The bas-relief just like the one from the swamp.

L'ajout de la tablette du diable au Groenland.

The addition of the devil tablet in Greenland.

Les mêmes mots ont été utilisés à trois reprises, à des moments très différents.

The exact same words used in three remote occurrences.

Les diaboliques esquimaux, les bâtards de Louisiane, et puis Wilcox.

The Eskimo diabolists, the mongrels in Louisiana, and then Wilcox.

À quelle autre conclusion pouvait-on parvenir ?

What other conclusion could one possibly have come to?

Il est tout à fait naturel que le professeur Angel soit parvenu à cette conclusion.

It's only natural Professor Angel pursued this conclusion.

Et je ne m'attendais pas à ce qu'il soit moins consciencieux.

And I wouldn't have expected him to be less thorough.

Mon grand-oncle était un homme d'une rigueur académique sans faille.

My great-uncle was a man of principled academic rigor.

Mais en privé, j'avais aussi d'autres théories plausibles.

Though privately I also had other plausible theories.

Je soupçonnais le jeune Wilcox d'avoir entendu parler de cette secte.

I suspected young Wilcox of having heard of the cult.

Peut-être avait-il entendu parler de cette secte d'une manière indirecte.

Maybe he had heard of the cult in some indirect way.

Il aurait facilement pu inventer une série de rêves.

He could easily have invented a series of dreams.

De cette façon, il pourrait intensifier et prolonger le mystère.

That way he could heighten and continue the mystery.

Les récits de rêves et les extraits recueillis l'ont bien sûr corroboré.

The dream-narratives and cuttings collected did of course corroborate.

Mais le rationalisme de mon esprit n'était pas encore satisfait.

But the rationalism of my mind had not yet been satisfied.

Les coïncidences peuvent aussi donner lieu à des illusions très crédibles.

Coincidences can form highly believable illusions too.

Et il faut garder à l'esprit le caractère extravagant de tout le sujet.

And we have to bear in mind the extravagance of the whole subject.

J'en suis donc venu à adopter ce qui me semblait être les conclusions les plus sensées.

So I was led to adopt what I thought the most sensible conclusions.

J'ai étudié le manuscrit en profondeur depuis le début.

I thoroughly studied the manuscript from the beginning.

Et j'ai mis en relation les notes théosophiques et anthropologiques.

And I correlated the theosophical and anthropological notes.

J'ai comparé la littérature avec le récit culte de Legrasse.

I compared the literature with the cult narrative of Legrasse.

J'ai fait le voyage jusqu'à Providence pour voir le sculpteur.

I made a trip to Providence to see the sculptor.

Et j'avais l'intention de lui adresser la réprimande que j'estimais appropriée.

And I intended to give him the rebuke I thought proper.

Je sentais qu'il devait y avoir des conséquences à la supercherie qu'il avait jouée.

There must be consequences, I felt, for the trick he played.

Il s'était imposé avec audace à un homme savant et âgé.

He had boldly imposed himself upon a learned and aged man.

***

Wilcox vivait toujours seul à l'endroit où mon oncle l'avait rencontré.

Wilcox still lived alone where my uncle had met him.

Dans l'immeuble Fleur-de-Lys, rue Thomas.

In the Fleur-de-Lys Building in Thomas Street.

Une hideuse imitation victorienne de l'architecture bretonne du XVIIe siècle.

A hideous Victorian imitation of Seventeenth Century Breton architecture.

Le bâtiment, avec sa façade en stuc, contrastait fortement avec son environnement.

The building flaunted its stuccoed front amidst its surroundings.

Il y avait de charmantes maisons coloniales sur cette colline ancestrale.

There were lovely Colonial houses on the ancient hill.

Et la maison se dressait à l'ombre du plus beau clocher géorgien d'Amérique.

And the house stood under the shadow of the finest Georgian steeple in America.

Je l'ai trouvé au travail dans ses appartements, parmi ses sculptures.

I found him at work in his rooms, among his sculptures.

Les spécimens dispersés provenaient d'un esprit tout à fait unique.

The specimens scattered came from a very unique mind.

J'ai immédiatement reconnu que son génie était bel et bien profond et authentique.

At once I conceded that his genius is indeed profound and authentic.

Il a cristallisé dans l'argile ce qu'Arthur Machen évoque en prose.

He has crystallized in clay that which Arthur Machen evokes in prose.

Il a reproduit dans le marbre les cauchemars que Clark Ashton Smith a couchés sur la toile.

He mirrored in marble the nightmares Clark Ashton Smith put to canvas.

Je crois qu'un jour on parlera de lui comme de l'un des plus grands décadents.

He will, I believe, be spoken of one day as one of the great decadents.

Il était brun, frêle et d'apparence un peu négligée.

He was dark, frail, and somewhat unkempt in aspect.

Il se retourna nonchalamment lorsque je frappai à sa porte.

He turned languidly at my knock on his door.

Il ne s'est pas levé de son siège quand je suis entré.

He didn't rise from his seat when I came in.

Et il m'a demandé quel était le but de ma visite.

And he asked me what the purpose of my visit was.

Quand je lui ai dit qui j'étais, son intérêt a été piqué au vif.

When I told him who I was his interest was piqued.

Mon oncle avait éveillé sa curiosité en explorant ses rêves étranges.

My uncle had excited his curiosity by probing his strange dreams.

Bien qu'il n'ait jamais expliqué la raison de cette étude.

Although he had never explained the reason for the study.

Je n'ai pas approfondi ses connaissances à ce sujet.

I did not enlarge his knowledge in this regard.

Mais j'ai cherché avec une certaine subtilité à gagner sa confiance.

But I sought with some subtlety to gain his confidence.

Je n'ai pas tardé à être convaincu de sa sincérité absolue.

In a short time I became convinced of his absolute sincerity.

Il a parlé de ses rêves d'une manière que personne ne pouvait se méprendre.

He spoke of the dreams in a manner none could mistake.

Les résidus inconscients de ses rêves avaient profondément influencé son art.

His dreams' subconscious residuum had influenced his art profoundly.

Il m'a montré une statue macabre comme je n'en avais jamais vue auparavant.

He showed me a morbid statue of the likes I had never seen before.

Les contours de la statue m'ont presque fait trembler de peur.

The statue's contours almost made me shake with fear.

La puissance de la suggestion noire de la statue était écrasante.

The potency of the statue's black suggestion was overbearing.

Il ne se souvenait pas avoir vu l'original de cette chose.

He could not recall having seen the original of this thing.

Mais la statue était inspirée d'un bas-relief onirique qu'il avait lui-même réalisé.

But the statue was inspired by his own dream bas-relief.

Les contours s'étaient formés insensiblement sous ses mains.

The outlines had formed themselves insensibly under his hands.

C'était sans aucun doute la forme géante dont il avait parlé avec délire.

It was, no doubt, the giant shape he had raved of in delirium.

Il a rapidement fait comprendre qu'il ne savait absolument rien de cette secte cachée.

That he really knew nothing of the hidden cult he soon made clear.

Seul le catéchisme incessant de mon oncle lui avait donné quelques indices.

Only my uncle's relentless catechism had given him some clues.

Et une fois de plus, je me suis efforcé de réfuter les conclusions évidentes.

And again I strove to explain the obvious conclusions away.

Comment a-t-il pu avoir ces impressions étranges ?

How he could possibly have received the weird impressions?

Il parlait de ses rêves d'une manière étrangement poétique.

He talked of his dreams in a strangely poetic fashion.

Il m'a fait voir avec une terrible vivacité les paysages de son rêve.

He made me see with terrible vividness the vistas of his dream.

La cité cyclopéenne humide, faite de pierre verte et visqueuse.

The damp Cyclopean city of slimy green stone.

La géométrie, disait-il bizarrement, était complètement fausse.

The geometry he oddly said, was all wrong.

Et il parla de ce qu'il avait entendu avec une attente empreinte de crainte.

And he spoke of what he heard with frightened expectancy.

L'appel incessant, à moitié mental, venu des profondeurs :

The ceaseless, half-mental calling from underground:

"Cthulhu fhtagn... Cthulhu fhtagn"

"Cthulhu fhtagn... Cthulhu fhtagn"

Ces mots faisaient partie de ce rituel redouté.

These words had formed part of that dreaded ritual.

Le rituel raconté lors de la veillée onirique du défunt Cthulhu.

The ritual the told of dead Cthulhu's dream-vigil.

Le rituel qui racontait son caveau de pierre à R'lyeh.

The ritual that told of his stone vault at R'lyeh.

Et j'ai été profondément ému, malgré mes convictions rationnelles.

And I felt deeply moved, despite my rational beliefs.

J'étais certain que Wilcox avait entendu parler de cette secte d'une manière ou d'une autre.

Wilcox, I was sure, had heard of the cult in some casual way.

Il passait son temps plongé dans une masse d'ouvrages tout aussi étranges.

He spent his time in a mass of equally weird literature.

Il a dû oublier la source de son savoir.

He must have forgotten the source of his knowledge.

Plus tard, le culte avait trouvé une expression subconsciente dans ses rêves.

Later the cult had found subconscious expression in his dreams.

Mais c'est naturel lorsque les histoires sont aussi impressionnantes.

But this is natural when stories are so impressive.

Finalement, les idées du culte se manifestèrent dans le bas-relief.

Finally the cult's ideas manifested themselves in the bas-relief.

Et maintenant, l'objet du culte se manifestait dans cette terrible statue.

And now the subject of the cult manifested itself in the terrible statue.

J'étais convaincu que son imposture envers mon oncle était tout à fait innocente.

I was convinced his imposture upon my uncle had been very innocent.

Il était à la fois légèrement affecté et légèrement mal élevé.

He both slightly affected, and slightly ill-mannered.

Il avait un caractère que je n'ai jamais pu apprécier.

He had a disposition which I could never like.

Mais j'étais désormais suffisamment disposé à reconnaître son génie.

But I was willing enough now to admit his genius.

Et je ne peux pas non plus nier son honnêteté.

And I have no way of denying his honesty either.

Malgré mes premières impressions, je l'ai quitté à l'amiable.

Despite my initial feelings, I took leave of him amicably.

Et je lui souhaite tout le succès que son talent lui promet.

And I wish him all the success his talent promises.

***

La question de la secte continuait de me fasciner.

The matter of the cult continued to fascinate me.

Parfois, j'avais des visions de la gloire personnelle que je pourrais atteindre.

At times I had visions of the personal fame I could attain.

J'ai visité la Nouvelle-Orléans et j'ai parlé avec Legrasse.

I visited New Orleans and talked with Legrasse.

Et j'ai parlé avec d'autres policiers qui avaient participé à ce raid dans les marais.

And I spoke with other policemen of that swamp raid.

J'ai vu cette image effroyable de mes propres yeux.

I saw the frightful image with my own eyes.

Et j'ai même interrogé certains des prisonniers bâtards survivants.

And I even questioned some of the surviving mongrel prisoners.

Le vieux Castro, malheureusement, était mort depuis quelques années.

Old Castro, unfortunately, had been dead for some years.

Ce que j'entendais maintenant de manière si explicite et directe m'a de nouveau enthousiasmé.

What I now heard so graphically at first hand excited me afresh.

Bien qu'il ne s'agisse en réalité que d'une confirmation détaillée.

Though it was really no more than a detailed confirmation.

Ce qu'ils m'ont dit, je l'avais déjà lu dans les notes de mon oncle.

What they told me I had already read in my uncle's notes.

J'étais persuadé d'être sur la piste d'un secret bien réel.

I felt sure that I was on the track of a very real secret.

Et j'étais sûre que j'allais découvrir une religion très ancienne.

And I was sure I was going to discover a very ancient religion.

Cette découverte ferait de moi un anthropologue de renom.

The discovery would make me an anthropologist of note.

Mon attitude restait celle d'un matérialisme rationnel absolu.

My attitude was still one of absolute rational materialism.

Et j'aurais souhaité que mon point de vue sur le sujet n'ait pas changé.

And I wish my attitude to the subject matter had not changed.

J'ai écarté avec une perversité presque inexplicable les coïncidences.

I discounted with almost inexplicable perversity the coincidences.

Les notes de rêves et les coupures de presse étranges recueillies par le professeur Angell.

The dream notes and odd cuttings collected by Professor Angell.

J'ai commencé à douter de la cause du décès de mon oncle.

One thing I began to doubt was the cause of my uncle's death.

J'ai commencé à soupçonner que sa mort était loin d'être naturelle.

I began to suspect his death was far from natural.

Et maintenant, je crains de savoir que la mort de mon oncle n'était pas naturelle.

And I now fear I know my uncle's death was not natural.

C'est dans une rue étroite en pente qu'il est tombé.

It was on a narrow hill street where he fell.

La rue montait depuis l'ancien front de mer.

The street lead up from the ancient waterfront.

La ville portuaire grouille de bâtards étrangers.

The port-town swarms with foreign mongrels.

Il est tombé après une poussée imprudente d'un marin noir.

He fell after a careless push from a negro sailor.

Je n'avais pas oublié le métissage des membres de la secte en Louisiane.

I had not forgotten the mixed blood of the cult-members in Louisiana.

Je n'avais pas oublié les marins de l'orgie vaudou.

I had not forgotten the sailors in the voodoo orgy.

Et je ne serais pas surpris d'apprendre qu'ils possédaient également d'autres connaissances.

And would not be surprised to learn that they had other knowledge too.

Des méthodes secrètes, connues depuis l'Antiquité sous le nom de rites cryptiques.

Secret methods as anciently known as the cryptic rites.

Des aiguilles empoisonnées, aussi impitoyables que leurs croyances démoniaques.

Poison needles as ruthless their demonic beliefs.

Il est vrai que Legrasse et ses hommes ont été laissés tranquilles.

Legrasse and his men, it is true, have been let alone.

Mais en Norvège, un certain marin qui a vu des choses est mort.

But in Norway a certain seaman who saw things is dead.

Des oreilles sinistres n'auraient-elles pas perçu l'intérêt de mon oncle pour le sculpteur ?

Might not sinister ears have picked up my uncle's interest in the sculptor?

Les questions plus approfondies de mon oncle n'auraient-elles pas pu attirer l'attention de quelqu'un ?

Might not the deeper inquiries of my uncle have drawn someone's attention?

Je pense que le professeur Angell est mort parce qu'il en savait trop.

I think Professor Angell died because he knew too much.

Ou bien il est mort parce qu'il risquait d'en apprendre trop.

Or he died because he was likely to learn too much.

Reste à savoir si je sortirai comme lui.

Whether I shall go out as he did remains to be seen.

Parce que moi aussi j'ai beaucoup appris sur Cthulhu.

Because I too have learned much about Cthulhu.

La folie venue de la mer
The Madness from the Sea

Il y a une grande grâce que le ciel pourrait m'accorder.
There is one great boon heaven could grant me.
L'effacement total des résultats d'un simple hasard.
The total effacing of the results of a mere chance.
J'aurais préféré ne jamais voir ce bout de papier égaré.
I wish I had never seen that stray piece of paper.
Normalement, ma routine quotidienne ne m'y aurait pas conduit.
My daily routine would normally not have taken me there.
N'importe quel autre jour, je n'aurais rien remarqué.
On any other day I would not have noticed anything.
C'était un ancien numéro d'une revue australienne.
It was an old number of an Australian journal.
Le Bulletin de Sydney du 18 avril 1925
The Sydney Bulletin for April 18, 1925
Le document avait même échappé au service de découpage.
The paper had even slipped past the cutting bureau.
J'avais en grande partie confié mes recherches à un ami.
I had largely given over my inquiries to a friend.
Il avait pris en charge la majeure partie du travail de recherche.
He had taken on the work of most of the research.
Il en était venu à désigner ce groupe sous le nom de « culte de Cthulhu ».
He had come to refer to the group as the "Cthulhu Cult".
Je rendais visite à mon ami érudit de Paterson, dans le New Jersey.
I was visiting my learned friend of Paterson, New Jersey.
Le conservateur d'un musée local et un minéralogiste de renom.
The curator of a local museum, and a mineralogist of note.
Lors de ma visite dans son musée, j'ai eu accès aux spécimens réservés.
While at his museum I had access to the reserved specimens.

C'est alors qu'une image étrange a attiré mon attention.
And this is when an odd picture caught my attention.
Sous l'une des pierres se trouvait le Sydney Bulletin dont j'ai parlé.
Beneath one of the stones was the Sydney Bulletin I mentioned.
Mon ami a de nombreuses relations dans tous les pays étrangers imaginables.
My friend has wide affiliations in all conceivable foreign lands.
L'image était une reproduction en demi-teintes d'une hideuse image de pierre.
The picture was a half-tone cut of a hideous stone image.
Presque identique à la pierre que Legrasse avait trouvée dans le marais.
Almost identical with the stone Legrasse had found in the swamp.
J'ai lu l'article avec impatience pour son précieux contenu.
Eagerly I read the article for its precious contents.
Mais j'ai été déçu de constater qu'il ne s'agissait que d'un court article.
But I was disappointed to find that it was just a short article.
Bien que brève, l'information était d'une importance capitale.
Although brief, the information was of portentous significance.

"UNE ÉPAVE MYSTÉRIEUSE DÉCOUVERTE EN MER"
"MYSTERY DERELICT FOUND AT SEA"

Un homme vigilant arrive avec un yacht néo-zélandais armé et sans défense à sa remorque.
Vigilant Arrives With Helpless Armed New Zealand Yacht in Tow.
Un survivant et un mort ont été retrouvés à bord.
One Survivor and one Dead Man Found Aboard.
Récit d'une bataille désespérée et de morts en mer.
Tale of Desperate Battle and Deaths at Sea.
Le marin secouru refuse de donner des détails sur son étrange expérience.
Rescued Seaman Refuses Particulars of Strange Experience.

Une idole étrange a été trouvée en sa possession, une enquête sera menée.

Odd Idol Found in His Possession, Inquiry to Follow.

Le yacht Alert de Dunedin, en Nouvelle-Zélande, avait été mis hors de combat.

The Alert of Dunedin yacht, N.Z., had been disabled in battle.

Le navire avait auparavant quitté Valparaiso le 25 mars.

Previously the ship had left from Valparaiso on March 25th.

Le 2 avril, le navire a été dévié considérablement vers le sud de sa route.

On April 2nd the ship was driven considerably south of her course.

Des tempêtes d'une violence exceptionnelle avaient dévié la trajectoire du navire.

Exceptionally heavy storms had redirected the ship.

Des vagues monstrueuses ont contraint le navire à emprunter un autre itinéraire.

Monster waves forced the ship to take a different route.

Le 12 avril, le navire a été aperçu par un autre navire.

On April 12th the ship was sighted by another ship.

Latitude 34° 21', Longitude 152° 17'

Latitude 34° 21', Longitude 152° 17'

Au départ, ils pensaient que le navire avait été abandonné.

Initially they thought the ship had been deserted.

Mais un homme encore vivant avait été retrouvé à bord.

But one still living man had been found on board.

Ce seul survivant était dans un état semi-délirant.

This lone survivor was in a half-delirious condition.

La seule autre victime retrouvée était un homme déjà décédé une semaine auparavant.

The only other victim found was a man already dead a week.

Le yacht à vapeur lourdement armé était maintenant remorqué.

Now the heavily armed steam yacht was being towed.

Et ce matin, le navire accostait à son quai.

And this morning the ship was coming in to its wharf.

L'homme vivant serrait contre lui une horrible idole de pierre.
The living man was clutching a horrible stone idol.
L'idole de pierre mesurait environ un pied de haut.
The stone idol was about a foot in height.
Et l'origine de la pierre était totalement inconnue.
And the origins of the stone were completely unknown.
Les autorités de l'université de Sydney étaient perplexes.
Authorities at Sydney university were baffled.
La Royal Society n'a pas pu fournir d'informations concernant l'idole.
The Royal Society couldn't offer information about the idol.
Et le musée de College Street n'offrait pas plus d'informations intéressantes.
And the Museum in College street had no insights either.
Le survivant affirme avoir trouvé la pierre dans la cabine du yacht.
The survivor says he found the stone in the cabin of the yacht.
L'idole se trouvait, semble-t-il, dans un petit sanctuaire sculpté.
Allegedly the idol was in a small carved shrine.
Et les sculptures du sanctuaire étaient de motif commun.
And the carvings of the shrine were of common pattern.
Cet homme a finalement repris ses esprits.
This man eventually recovered back to his senses.
Et il raconta une histoire de piraterie et de massacre extrêmement étrange.
And he told an exceedingly strange story of piracy and slaughter.
Il s'agit de Gustaf Johansen, un Norvégien plutôt intelligent.
He is Gustaf Johansen, a Norwegian of some intelligence.
Et il avait été second capitaine de la goélette à deux mâts Emma d'Auckland.
And he had been second mate of the two-masted schooner Emma of Auckland.
Le navire a appareillé pour Callao le 20 février, avec un équipage de onze marins.

The ship sailed for Callao February 20th, manned by eleven sailors.

Le navire, dit-il, a été retardé et dévié largement au sud de sa route.

The ship, he says, was delayed and thrown widely south of her course.

Il y a eu une grosse tempête le 1er mars, et une autre le 22 mars.

There was a great storm on March 1st, and on March 22nd.

Au cours de leur voyage, ils rencontrèrent un autre navire.

On their journey they encountered another ship.

Il s'agissait des coordonnées suivantes : latitude sud 49° 51′, longitude ouest 128° 34′.

This was in S. Latitude 49° 51′, W. Longitude 128° 34′

Ce navire était commandé par un équipage étrange et à l'air maléfique.

This ship was manned by a queer and evil-looking crew.

Tous les hommes étaient des Kanakas et des métis.

All the men were of Kanakas and half-castes.

Ayant reçu l'ordre péremptoire de faire demi-tour, le capitaine Collins a refusé.

Being ordered peremptorily to turn back, Capt. Collins refused.

Sans prévenir, l'étrange équipage se mit à tirer sauvagement sur la goélette.

Without warning the strange crew began to shoot savagely upon the schooner.

Ils ont tiré avec une batterie de canons en laiton d'une densité inhabituellement élevée.

They shot a peculiarly heavy battery of brass cannon.

Les hommes de son navire ont fait preuve de combativité, raconte le survivant.

The men from his ship showed fighting spirit, says the survivor.

La goélette commença à couler à cause de tirs sous la ligne de flottaison.

The schooner began to sink from shots beneath the waterline.

Mais ils parvinrent à s'amarrer au bateau ennemi et à l'aborder.

But they managed to heave alongside their enemy boat, and board her.

Ils se sont battus avec l'équipage sauvage sur le pont du yacht.

They grappled with the savage crew on the yacht's deck.

Leur façon de combattre semblait étrangement maladroite.

Their mode of fighting seemed to be strangely clumsy.

Mais la défaite ne semblait pas être une option pour ces hommes sauvages.

But defeat did not seem to be an option for these savage men.

Leur façon de combattre était particulièrement odieuse et désespérée.

They had a particularly abhorrent and desperate way of fighting.

Ils n'avaient donc pas d'autre choix que de tuer tous les hommes du navire ennemi.

So they had no choice but to kill all men of the enemy ship.

Trois de leurs hommes ont également été tués dans l'affrontement.

Three of their men were also killed in the fight.

Le capitaine Collins et le second Green figuraient parmi les morts.

Capt. Collins and First Mate Green were among the dead.

Le second capitaine Johansen a pris la relève du premier capitaine Green.

Second Mate Johansen took over control from First Mate Green.

Et les huit hommes restants prirent la barre du yacht capturé.

And the remaining eight men proceeded to navigate the captured yacht.

Ils ont ensuite continué dans la direction initiale.

They proceeded to continue in the original direction they were going.

Pour vérifier s'il y avait une raison quelconque pour laquelle on leur avait ordonné de faire demi-tour.

To see if there had been any reason they were ordered to turn around.

***

Le lendemain, semble-t-il, ils ont débarqué sur une petite île.
The next day, it appears, they landed on a small island.
Bien qu'aucune île ne soit connue dans cette partie de l'océan.
Although no island is known to exist in that part of the ocean.
Six des hommes sont morts sur le rivage alors qu'ils se trouvaient sur l'île.
Six of the men somehow died ashore while on the island.
Bien que Johansen soit étrangement réticent à propos de cette partie de son histoire.
Though Johansen is queerly reticent about this part of his story.
Et il ne parle que de leur chute dans un gouffre rocheux.
And he speaks only of their falling into a rock chasm.
Plus tard, semble-t-il, lui et un compagnon sont montés à bord du yacht.
Later, it seems, he and one companion boarded the yacht.
Ensemble, ils tentèrent de manœuvrer le navire, en sous-effectif.
Together they tried to sail the ship, undermanned.
Mais ils furent malmenés par la tempête du 2 avril.
But they were beaten about by the storm of April 2nd.
De ce moment jusqu'à son sauvetage le 12, l'homme ne se souvient de presque rien.
From that time till his rescue on the 12th, the man remembers little.
Et il ne se souvient même plus de la date de la mort de William Briden, son compagnon.
And he does not even recall when William Briden, his companion, died.
L'autopsie n'a révélé aucune cause évidente au décès de Briden.

Autopsy could reveal no obvious cause to Briden's death.

La cause de décès la plus probable est l'exposition aux intempéries.

The most likely cause of death is exposure to the elements.

Le Dunedin a rapporté que son bateau, l'Alert, était bien connu.

The Dunedin reported that their boat, the Alert, was well known.

Les commerçants insulaires avaient mauvaise réputation le long du front de mer.

The island traders bore an evil reputation along the waterfront.

Le navire appartenait à un groupe curieux de métis.

The ship was owned by a curious group of half-castes.

Les réunions fréquentes et les excursions nocturnes dans les bois ont suscité la curiosité.

Frequent meetings and night trips to the woods attracted curiosity.

Le navire avait appareillé en toute hâte le 1er mars.

The ship had set sail in great haste on March 1st.

Juste après la tempête et les secousses sismiques de cette nuit-là.

Just after the storm, and the earth tremors that night.

Notre correspondant d'Auckland fait l'éloge de l'Emma.

Our Auckland correspondent gives the Emma excellent reputation.

L'équipage de l'Emma était très respecté.

The Crew from the Emma were held very in high regard.

Et Johansen est décrit comme un homme sobre et digne.

And Johansen is described as a sober and worthy man.

L'Amirauté va diligenter une enquête sur toute cette affaire.

The admiralty will institute an inquiry on the whole matter.

À compter de demain, ils recueilleront toutes les informations pertinentes.

Starting tomorrow they will collect all relevant information.

Tout sera mis en œuvre pour inciter Johansen à parler.

Every effort will be made to induce Johansen to speak.

C'était là, avec cette image infernale, toutes les informations dont je disposais.

This and the hellish image were all the information I had to go on.

Mais quelle avalanche d'idées cette petite information a déclenchée dans mon esprit !

But what a train of ideas that little information started in my mind!

Voici de nouvelles mines d'informations sur le culte de Cthulhu.

Here were new treasuries of data on the Cthulhu Cult.

La secte ne se limitait pas aux terres.

The cult not only had interests on land.

Il existait désormais des preuves qu'ils avaient également des liens avec la mer.

Now there was evidence they also had connections to the sea.

Quel motif a poussé l'équipage hybride à ordonner le retour de l'Emma ?

What motive prompted the hybrid crew to order back the Emma?

Pourquoi naviguaient-ils avec leur idole hideuse ?

Why did they sail about with their hideous idol?

Quelle était cette île inconnue sur laquelle six membres de l'équipage de l'Emma avaient péri ?

What was the unknown island on which six of the Emma's crew had died?

Et pourquoi Johansen était-il si secret au sujet de leur mort ?

And why was Johansen so secretive about their death?

Qu'avait révélé l'enquête du vice-amiral ?

What had the vice-admiralty's investigation brought out?

Que savait-on de ce culte nauséabond à Dunedin ?

And what was known of the noxious cult in Dunedin?

On ne pouvait s'empêcher de s'étonner du moment où ces événements se sont produits.

Nor could one help but marvel at the timing of the events.

Il existait un lien profond et plus que naturel entre ces dates.

There was a deep and more than natural linkage between the dates.

Une signification maligne et désormais indéniable dans le déroulement des événements.

A malign and now undeniable significance to the various turns of events.

***

Mon oncle avait noté avec beaucoup de soin les événements qui les entouraient.

My uncle had noted with great care the connecting events.

Le 1er mars, le tremblement de terre et la tempête sont survenus.

On March 1st the earthquake and storm had come.

Le 28 février, selon la ligne de changement de date internationale.

February 28th, according to the International Date Line.

Depuis Dunedin, l'équipage bruyant de l'Alert s'élança avec empressement.

From Dunedin the noisome crew of the Alert darted eagerly forth.

Ils se déplaçaient comme s'ils avaient été convoqués d'un ordre impérieux.

They moved as if they had been imperiously summoned.

De l'autre côté de la Terre, d'autres événements se sont déroulés.

On the other side of the earth the other events unfolded.

Les poètes et les artistes avaient commencé à faire d'étranges rêves.

Poets and artists had begun to have their strange dreams.

Rêves d'une cité cyclopéenne humide d'une époque révolue.

Dreams of a dank Cyclopean city from times long gone.

Un jeune sculpteur fut lui aussi séduit par ces rêves.

A young sculptor was persuaded by these dreams too.

Dans son sommeil, il façonna la forme du redoutable Cthulhu.

In his sleep he molded the form of the dreaded Cthulhu.
Le 23 mars, l'équipage de l'Emma a débarqué sur une île inconnue.
On March 23rd the crew of the Emma landed on an unknown island.
Là, sur cette île, ils ont laissé six hommes morts.
There on that island they left six men dead.
À cette date, les rêves des hommes sensibles prenaient une intensité accrue.
On that date the dreams of sensitive men assumed a heightened vividness.
Leurs rêves s'assombrirent de la terreur que leur inspirait la poursuite maléfique d'un monstre géant.
Their dreams darkened with dread of a giant monster's malign pursuit.
Un architecte est devenu fou à cause de ses rêves cette nuit-là.
One architect went mad from his dreams that night.
Et un sculpteur était soudainement tombé dans le délire !
And a sculptor had lapsed suddenly into delirium!
Et puis il y a eu la tempête du 2 avril.
And then there was the storm of April 2nd.
La date à laquelle tous les rêves de cette ville humide prirent fin.
The date on which all dreams of the dank city ceased.
Wilcox sortit indemne des griffes de cette étrange fièvre.
Wilcox emerged unharmed from the bondage of strange fever.
Et tout sembla redevenu normal.
And everything appeared to be normal again.
Mais qu'en est-il des allusions du vieux Castro ?
But what about the hints old Castro had suggested?
Et les anciens êtres engloutis, nés des étoiles ?
What about the sunken, star-born old ones?
Qu'en est-il de leur retour promis et de leur règne à venir ?
What about their promised return and coming reign?
Que dire de leur culte fidèle et de leur maîtrise des rêves ?
What about their faithful cult and their mastery of dreams?

Étais-je au bord du précipice, vacillant devant des horreurs cosmiques ?

Was I tottering on the brink of cosmic horrors?

Des horreurs cosmiques bien au-delà de ce que l'homme peut supporter ?

Cosmic horrors far beyond man's power to bear?

Si tel est le cas, ce ne sont que des horreurs de l'esprit.

If so, they must be horrors of the mind alone.

Le 2 avril, un calme soudain et coordonné s'installa.

On the second of April there was sudden coordinated calm.

La menace monstrueuse qui assiégeait l'âme de l'humanité avait disparu.

The monstrous menace that sieged mankind's soul had vanished.

Ce soir-là, j'ai pris toutes les dispositions nécessaires pour la suite du voyage.

That evening I made all necessary arrangements for onwards travel.

J'ai fait mes adieux à mon hôte et j'ai pris le train pour San Francisco.

I bade my host adieu and took a train for San Francisco.

***

En moins d'un mois, j'étais au port de Dunedin.

In less than a month I was at the port of Dunedin.

Là, cependant, mon enquête a légèrement buté sur un obstacle.

Here, however, my investigation stumbled slightly.

Je me suis renseigné dans les vieilles tavernes de bord de mer où les hommes avaient traîné.

I inquired in the old sea taverns where the men had lingered.

Mais on savait peu de choses sur les membres de cette étrange secte.

But little was known of the strange cult members.

La racaille des quais était bien trop répandue pour qu'on puisse en parler spécialement.

Waterfront scum was far too common for special mention.

Mais on a vaguement parlé d'un voyage à l'intérieur des terres que ces chiens bâtards auraient effectué.

But there was vague talk about one inland trip these mongrels had made.

On a aperçu de faibles tambourines et des flammes rouges sur les collines au loin.

Faint drumming and red flames were noted on the distant hills.

À Auckland, je n'ai appris que quelques bribes de choses supplémentaires sur Johansen.

In Auckland I learned only a little more of Johansen.

Il avait été emmené à Sydney pour les besoins de l'enquête.

He had been taken to Sydney for the investigation.

Un interrogatoire superficiel et sans conclusion lui a fait blanchir les cheveux.

A perfunctory and inconclusive questioning turned his hair white.

Il vendit ensuite sa maison de West Street.

Thereafter he sold his cottage in West Street.

Et il embarqua avec sa femme pour rejoindre son ancienne demeure à Oslo.

And he sailed with his wife to his old home in Oslo.

Son expérience l'avait visiblement profondément marqué.

His experience had clearly stirred him deeply.

Mais il n'en a pas dit plus à ses amis qu'aux fonctionnaires de l'Amirauté.

But he told his friends no more than he had told the admiralty officials.

Et tout ce qu'ils ont pu faire, c'est me donner son adresse à Oslo.

And all they could do was to give me his Oslo address.

Après cela, je suis allé à Sydney et j'ai discuté sans profit avec des marins.

After that I went to Sydney and talked profitlessly with seamen.

Les membres de la cour de vice-amirauté n'ont pas pu m'éclairer non plus.

Members of the vice-admiralty court could not enlighten me either.

J'ai localisé l'alerte à Circular Quay, à Sydney Cove.

I tracked the Alert down to Circular Quay in Sydney Cove.

Le navire avait été vendu et était de nouveau utilisé à des fins commerciales.

The ship had been sold and was again in commercial use.

Mais je n'ai pu tirer aucun autre indice de la cargaison du navire.

But I could gain no further clues from the ship's cargo.

L'image a été conservée au musée de Hyde Park.

The image was preserved in the Museum at Hyde Park.

La tête de seiche, le corps de dragon et les ailes écailleuses.

The cuttlefish head, dragon body, and scaly wings.

Le monstre accroupi au sommet du piédestal hiéroglyphique.

The monster crouching atop the hieroglyphed pedestal.

J'ai longuement et minutieusement étudié chaque détail de l'idole.

I studied every detail of the idol long and well.

La relique était un objet d'une facture exquise et sinistre.

The relic was a thing of balefully exquisite workmanship.

Je n'ai pas pu m'empêcher de remarquer la ressemblance avec le spécimen plus petit de Legrasse.

I couldn't help but notice the similarity to Legrasse's smaller specimen.

Les deux idoles étaient empreintes du même mystère absolu et d'une terrible antiquité.

Both idols had the same utter mystery and terrible antiquity.

Et les deux idoles possédaient la même étrangeté surnaturelle, celle de leur matière.

And both idols had the same unearthly strangeness of material.

Les géologues, m'a expliqué le conservateur, l'avaient trouvé être une énigme monstrueuse.

Geologists, the curator told me, had found it a monstrous puzzle.

Ils ont insisté sur le fait qu'il n'existait aucun autre rocher comme celui-ci au monde.

They insisted that the world held no rock like this one.

Alors j'ai repensé avec un frisson à ce que le vieux Castro avait raconté à Legrasse.

Then I thought with a shudder of what old Castro had told Legrasse.

L'histoire des grands êtres primordiaux, engloutis sous la mer.

The tale of the primal great ones, sunken under the sea.

« Ils venaient des étoiles. »

"They had come from the stars."

« Ils avaient apporté leurs images avec eux. »

"They had brought their images with them."

J'ai été bouleversé par une révolution mentale comme je n'en avais jamais connue auparavant.

I was shaken with a mental revolution as I had never before known.

J'étais désormais fermement décidé à rendre visite à Mate Johansen à Oslo.

I was now completely resolved to visit Mate Johansen in Oslo.

Après avoir fait voile vers Londres, j'ai aussitôt rembarqué pour la capitale norvégienne.

Sailing for London, I re-embarked at once for the Norwegian capital.

Et un jour d'automne, j'ai débarqué sur les quais.

And one autumn day I landed at the wharves.

***

La ville natale de Johansen se trouvait à l'ombre de l'Egeberg.

Johansen's hometown was in the shadow of the Egeberg.

J'ai découvert qu'il vivait dans la vieille ville du roi Harold Haardrada.

I discovered he lived in the Old Town of King Harold Haardrada.

Pendant des siècles, la grande ville s'était fait passer pour « Christiania ».

For centuries the greater city had masqueraded as "Christiania".

Le roi Harald Hardrada a perpétué le nom d'Oslo.

King Harald Hardrada kept alive the name of Oslo.

J'ai fait le court trajet jusqu'à sa résidence en taxi.

I made the brief trip to his residences by taxicab.

Un bâtiment ancien et soigné, avec une façade enduite.

A neat and ancient building with plastered front.

Et le cœur battant, j'ai frappé à la porte.

And I knocked with palpitant heart at the door.

Une femme au visage triste, vêtue de noir, a répondu à mon appel.

A sad-faced woman in black answered my summons.

J'ai été profondément déçue par ce spectacle.

I was stung with disappointment at the sight.

Elle m'a annoncé dans un anglais hésitant que Gustaf Johansen n'était plus.

She told me in halting English that Gustaf Johansen was no more.

Il n'avait pas survécu longtemps à son retour, a déclaré sa femme.

He had not long survived his return, said his wife.

Les événements survenus en mer en 1925 l'avaient brisé.

The doings at sea in 1925 had broken him.

Il ne lui en avait pas dit plus qu'au public.

He had told her no more than he had told the public.

Mais il avait laissé un long manuscrit de « questions techniques ».

But he had left a long manuscript of "technical matters".

Ces notes de voyage avaient été écrites en anglais.

These notes of the voyage had been written in English.

Manifestement afin de la protéger du danger d'une lecture indiscrète.

Evidently in order to safeguard her from the peril of casual perusal.

Il était allé se promener dans une ruelle étroite près du port de Göteborg.

He had gone for a walk through a narrow lane near the Gothenburg dock.

Un paquet de papiers tombé d'une fenêtre du grenier l'avait fait tomber.

A bundle of papers falling from an attic window had knocked him down.

Deux marins lascars l'aidèrent aussitôt à se relever.

Two Lascar sailors at once helped him to his feet.

Mais avant que l'ambulance puisse l'atteindre, il était déjà mort.

But before the ambulance could reach him he was dead.

Les médecins n'ont trouvé aucune cause valable à son décès.

The physicians found no adequate cause for his death.

La plupart des observateurs ont attribué son décès à des problèmes cardiaques.

They mostly attributed his death to heart trouble.

Mais ils ont ajouté que sa constitution affaiblie y avait très probablement contribué.

But they added his weakened constitution most likely contributed.

Je ressentais alors une profonde douleur lancinante au niveau de mes organes vitaux.

I now felt a deep gnawing at my vitals.

Une terreur obscure qui ne me quittera jamais tant que je n'aurai pas trouvé le repos moi aussi.

A dark terror which will never leave me till I, too, am at rest.

Je ne saurais dire si ma mort sera « accidentelle » ou non.

Whether my death will come "accidentally" or not I can't tell.

J'ai parlé à la veuve du travail de son mari.

I spoke to the widow about her husband's work.

Et je l'ai persuadée que j'avais un lien « technique » avec lui.

And I persuaded her I had a "technical" connection to him.

Elle a donc estimé que j'avais suffisamment droit au manuscrit.

So she felt I was sufficiently entitled to the manuscript.

Et c'est ainsi que j'ai obtenu les écrits du défunt.

And so I attained the dead man's writing.

J'ai commencé à lire les documents sur le bateau qui nous emmenait à Londres.

I began to read the documents on the boat to London.

Il ne s'agissait guère plus que de simples notes décousues.

They were little more than simple, rambling notes.

La tentative naïve d'un marin de tenir un journal posthume.

A naive sailor's effort at a post-facto diary.

Il s'efforçait de se remémorer jour après jour ce dernier et terrible voyage.

He strove to recall that last awful voyage day by day.

Je ne peux pas tenter de retranscrire ses notes mot pour mot.

I cannot attempt to transcribe his notes verbatim.

Le manuscrit est obscurci par le flou et les redondances.

The manuscript is clouded with vagueness and redundance.

Mais je vais vous résumer l'essentiel de ce qu'il a écrit.

But I will tell the gist of what he wrote.

Peut-être comprendrez-vous alors pourquoi je me suis bouché les oreilles avec du coton.

Perhaps then you will understand why I stuffed my ears with cotton.

Le bruit de l'eau contre les parois du navire devint insupportable.

The sound of the water against the vessel's sides became unendurable.

***

Johansen, Dieu merci, ne se rendait pas vraiment compte de ce qu'il avait vu.

Johansen, thank God, did not quite know what he had seen.

Mais il est évident qu'il avait vu la ville et la Chose.

But it is evident he had seen the city and the Thing.

Je ne dormirai plus jamais paisiblement en repensant à ces horreurs.

I shall never sleep calmly again when I think of the horrors.

Les horreurs qui se cachent sans cesse derrière la vie, dans le temps et l'espace.

The horrors that lurk ceaselessly behind life in time and space.

Ces blasphèmes impies qui viennent des étoiles anciennes.

Those unhallowed blasphemies that come from elder stars.

Des rêveurs sous la mer, connus seulement d'un culte cauchemardesque.

Dreamers beneath the sea known only by a nightmare cult.

Une secte prête et impatiente de lâcher ces monstres dans le monde.

A cult ready and eager to release these monsters into the world.

Chaque fois qu'un autre tremblement de terre fera ressurgir leur monstrueuse cité de pierre.

Whenever another earthquake raises their monstrous stone city again.

Quand Cthulhu sera de nouveau exposé à la lumière du soleil.

When Cthulhu is under the light of the sun once more.

Le voyage de Johansen avait commencé exactement comme il l'avait raconté au vice-amiral.

Johansen's voyage had begun just as he told it to the vice-admiralty.

L'Emma, chargée de ballast, avait quitté Auckland le 20 février.

The Emma, in ballast, had cleared Auckland on February 20th.

Le navire avait ressenti toute la force de cette tempête née du tremblement de terre.

The ship had felt the full force of that earthquake-born tempest.

Les horreurs des profondeurs marines qui hantaient les rêves des hommes.

The horrors from the sea-bottom that filled men's dreams.

Une fois le contrôle repris, le navire progressait bien.

Once under control again the ship was making good progress.

Mais le navire a ensuite été immobilisé par l'alerte le 22 mars.

But then the ship was held up by the Alert on March 22nd.

Je pouvais ressentir le regret du second lorsqu'il décrivait le bombardement et le naufrage du navire.

I could feel the mate's regret as he wrote of her bombardment and sinking.

Il parle avec horreur des fanatiques à la peau basanée qui se trouvaient sur l'autre bateau.

Of the swarthy cult-fiends on the other boat he speaks with horror.

Il y avait chez eux quelque chose d'assez abominable.

There was some peculiarly abominable quality about them.

Quelque chose faisait que leur destruction semblait presque un devoir.

Something made their destruction seem almost a duty.

Ce point a été soulevé lors des travaux de la cour d'enquête.

This point was brought up during the proceedings of the court of inquiry.

Johansen affiche une ingénue surprise face à l'accusation de cruauté.

Johansen shows ingenuous wonder at the accusation of ruthlessness.

C'est la curiosité qui a poussé ces hommes à poursuivre leur route à bord de leur yacht capturé.

Curiosity is what drove the men on in their captured yacht.

Émergeant de la mer, les hommes aperçurent un grand pilier de pierre.

Sticking out of the sea the men sighted a great stone pillar.

À la latitude sud 47° 9', à la longitude ouest 126° 43', ils atteignent une côte.

In South Latitude 47° 9', West Longitude 126° 43' they come upon a coastline.

Le littoral était composé d'un mélange de boue, de vase et de maçonnerie cyclopéenne envahie par la végétation.

The coastline was of mingled mud, ooze, and weedy Cyclopean masonry.

Rien de moins que la substance tangible de la terreur suprême de la terre.

Nothing less than the tangible substance of earth's supreme terror.

Ils étaient tombés sur la cité cauchemardesque de R'lyeh, un véritable champ de ruines.

They had come across the nightmare corpse-city of R'lyeh.

Une ville bâtie dans des éons incommensurables, au-delà de l'histoire.

A city built in measureless eons behind history.

Monuments à des formes immenses et répugnantes qui suintaient des étoiles obscures.

Monuments to vast loathsome shapes that seeped down from the dark stars.

Là gisaient le grand Cthulhu et ses hordes depuis des cycles incalculables.

There lay great Cthulhu and his hordes for incalculable cycles.

Cachés dans des caveaux verdâtres et visqueux, ils diffusèrent leurs pensées.

Hidden in green slimy vaults, they sent out their thoughts.

Les pensées qui sèment la peur dans les rêves des personnes sensibles.

The thoughts that spread fear to the dreams of the sensitive.

Les pensées qui appelaient impérieusement les fidèles.

The thoughts that called imperiously to the faithful.

"Venez en pèlerinage de libération et de restauration."

"Come on a pilgrimage of liberation and restoration."

Johansen n'aurait jamais pu soupçonner toute cette horreur.

All this horror Johansen had no way of suspecting.

Mais Dieu sait qu'il en avait bientôt assez vu !

But God knows he had soon seen enough!

J'imagine qu'ils n'ont vu qu'un seul sommet.

I suppose what they saw was only a single mountain-top.

Bientôt, le reste de la ville émergea des eaux.

Soon the rest of the city emerged from the waters.

L'hideuse citadelle couronnée d'un monolithe où fut enterré
le grand Cthulhu.
The hideous monolith-crowned citadel where great Cthulhu
was buried.
J'en frémis à l'idée de tout ce qui peut se tramer là-dessous.
I shudder to think of all that may be brooding down there.
**Et j'ai presque envie de me suicider pour faire cesser ces
pensées.**
And I almost wish to kill myself to stop these thoughts.

***

**Johansen et ses hommes étaient subjugués par la majesté
cosmique.**
Johansen and his men were awed by the cosmic majesty.
**Ils contemplèrent le spectacle de cette Babylone ruisselante,
peuplée de démons anciens.**
They beheld the sight of this dripping Babylon of elder
demons.
Ils ont dû deviner, sans aucune indication, ce qu'ils voyaient.
They must have guessed without guidance what it was they
saw.
**Ce qu'ils virent ne ressemblait en rien à cette planète ni à
aucune autre planète saine d'esprit.**
What they saw was nothing of this or of any sane planet.
La taille incroyable des blocs de pierre verdâtre.
The unbelievable size of the greenish stone blocks.
L'altitude vertigineuse du grand monolithe sculpté.
The dizzying height of the great carven monolith.
**Et puis il y avait les bas-reliefs découverts sur le navire
capturé.**
And then there was the bas-reliefs found on the captured ship.
**Les statues colossales reflétaient la scène représentée sur les
sculptures.**
The colossal statues mirrored the scene on the carvings.
**Johansen a réalisé quelque chose de très proche du
futurisme.**

Johansen achieved something very close to futurism.

Parce qu'il n'a décrit aucune structure ni aucun bâtiment précis.

Because he did not describe any definite structure or building.

Il s'attardait sur les vastes impressions que lui offraient les angles immenses et les surfaces de pierre.

He dwelled on the broad impressions of vast angles and stone surfaces.

Des surfaces trop vastes pour appartenir à quoi que ce soit de juste ou de convenable pour cette terre.

Surfaces too great to belong to anything right or proper for this earth.

Surfaces impies ornées d'images horribles et de hiéroglyphes.

Surfaces impious with horrible images and hieroglyphs.

Il y a une raison pour laquelle j'évoque son discours sur les angles.

There is a reason I mention his talk about angles.

Cela me rappelle quelque chose que Wilcox m'avait raconté à propos de ses terribles rêves.

It reminds me of something Wilcox had told me of his awful dreams.

Il avait déclaré que la géométrie du lieu onirique qu'il avait vu était anormale.

He had said that the geometry of the dream-place he saw was abnormal.

Des sphères non euclidiennes, différentes de tout ce que l'on trouve sur Terre.

Non-Euclidean spheres unlike anything here on earth.

Des dimensions à l'odeur nauséabonde, totalement différentes des nôtres.

Loathsomely redolent dimensions completely unlike ours.

Un marin décrivait alors exactement la même chose.

Now a seaman was describing the exact same thing.

Tous deux ont eu le même aperçu terrible de cette réalité.

They bad both had the same terrible glimpse of this reality.

Johansen et ses hommes débarquèrent sur un talus boueux en pente.

Johansen and his men landed at a sloping mud-bank.

Et ils levèrent les yeux vers cette monstrueuse Acropole.

And they looked up at this monstrous Acropolis.

Ils grimpèrent en glissant sur d'énormes blocs visqueux.

They clambered slippery up over titan oozy blocks.

Des blocs qui n'auraient pu être un escalier mortel.

Blocks which could have been no mortal staircase.

Le soleil lui-même semblait déformé dans cette brume.

The very sun of heaven seemed distorted in this mist.

Un miasme polarisant émane de cette perversion imbibée de mer.

A polarizing miasma welling out from this sea-soaked perversion.

Une menace sournoise et un suspense insidieux se cachaient dans ces rochers insaisissables.

Twisted menace and suspense lurked in those elusive rocks.

Un second coup d'œil révélait une concavité là où le premier montrait une convexité.

A second glance showed concavity where the first showed convexity.

Une sorte de peur s'était emparée de tous les explorateurs.

Something very like fright had come over all the explorers.

Chacun d'eux aurait pris la fuite s'il n'avait pas craint le mépris des autres.

Each man would have fled had he not feared the scorn of the others.

Et ce n'est qu'à moitié convaincu qu'ils cherchèrent en vain.

And it was only half-heartedly that they vainly searched.

Ils cherchaient un souvenir portable à emporter.

They were looking for some portable souvenir to bear away.

C'est Rodriguez, le Portugais, qui a escaladé le pied du monolithe.

It was Rodriguez, the Portuguese, who climbed up the foot of the monolith.

De là, il a crié ce qu'il avait trouvé.

From there he shouted of what he had found.

Les autres le suivirent jusqu'au pied du monolithe.

The rest followed him to the foot of the monolith.

Ils regardèrent avec curiosité l'immense porte qui se dressait devant eux.

They looked curiously at the immense door in front of them.

Le calamar-dragon, désormais familier, était sculpté sur la porte.

The now familiar squid-dragon was carved on the door.

Selon Johansen, c'était comme une grande porte de grange.

It was, Johansen said, like a great barn-door.

Bien qu'ils aient dit que cela ne donnait que l'impression d'une porte.

Although they said it only gave the impression of a door.

Ils n'arrivaient pas à déterminer si la porte était plate comme une trappe.

They could not decide if the door lay flat like a trap-door.

Ou peut-être que l'ouverture était en biais, comme une porte de cave extérieure.

Or maybe the opening was slanted like an outside cellar-door.

Comme l'aurait dit Wilcox, la géométrie du lieu était complètement erronée.

As Wilcox would have said, the geometry of the place was all wrong.

On ne pouvait pas être sûr que la mer et le sol étaient horizontaux.

One could not be sure that the sea and the ground were horizontal.

De ce fait, la position relative de tout le reste semblait fantasmagoriquement variable.

Hence the relative position of everything else seemed phantasmally variable.

Briden poussa la pierre à plusieurs endroits, sans résultat.

Briden pushed at the stone in several places, without result.

Donovan tâta alors délicatement le pourtour de la porte.

Then Donovan felt delicately over around the edge of the door.

**Il grimpa interminablement le long de la moulure de pierre
grotesque.**
He climbed interminably along the grotesque stone molding.
**Même si la question de savoir si l'on peut vraiment parler
d'escalade reste discutable.**
Although, if you could really call it climbing is debatable.
Peut-être que la porte était plus horizontale que verticale.
Perhaps the door was more horizontal than vertical.
**Et ces hommes se demandaient comment une porte
quelconque dans l'univers pouvait être aussi vaste.**
And the men wondered how any door in the universe could
be so vast.
**Puis, très doucement et très lentement, quelque chose
commença à se produire.**
Then, very softly and slowly, something began to happen.
**Le grand panneau d'un acre a commencé à s'affaisser vers
l'intérieur par le haut.**
The acre-great panel began to give inward at the top.
Et ils virent que la porte s'était équilibrée d'elle-même.
And they saw that the door had balanced itself.

***

**Donovan parvint tant bien que mal à se propulser en arrière
le long du chambranle.**
Donovan somehow propelled himself back along the jamb.
**Et tous assistèrent à l'étrange récession du portail
monstrueusement sculpté.**
And everyone watched the queer recession of the monstrously
carven portal.
**Dans ce fantasme de distorsion prismatique, il se déplaçait
de façon anormale, en diagonale.**
In this fantasy of prismatic distortion it moved anomalously in
a diagonal way.
**Toutes les règles de la matière et de la perspective
semblaient confuses.**
All the rules of matter and perspective seemed confused.

L'ouverture était noire d'une obscurité presque matérielle.

The aperture was black with a darkness almost material.

Cette ténébrosité était en effet une qualité positive.

That tenebrousness was indeed a positive quality.

Les hommes furent épargnés de la vue des murs intérieurs.

The men were spared from seeing the inner walls.

Les ténèbres jaillirent comme de la fumée après un emprisonnement éphémère.

The darkness burst forth like smoke from its eon-long imprisonment.

Le soleil était visiblement obscurci par le battement d'ailes membraneuses.

The sun was visibly darkened by flapping membranous wings.

Et l'ombre se glissa dans le ciel rétréci et gibbeux.

And the shadow slunk away into the shrunken and gibbous sky.

L'odeur qui se dégageait des profondeurs nouvellement ouvertes était insupportable.

The odor arising from the newly opened depths was intolerable.

Hawkins, doté d'une ouïe fine, crut entendre un bruit désagréable et gluant.

The quick-eared Hawkins thought he heard a nasty, slopping sound.

Ses oreilles en furent confirmées lorsqu'il apparut lourdement, bavant d'eau.

His ears were confirmed when It lumbered slobberingly into sight.

Son immensité gélatineuse et verte tâtonnait dans le hall noir.

Its gelatinous green immensity groped through the black hall.

Et son odeur et sa substance suintante s'infiltraient par la porte en biais.

And Its ooze and smell squeezed through the angled door.

La Chose pénétra dans l'air vicié de cette ville empoisonnée, véritable foyer de folie.

The Thing went into the tainted air of that poison city of madness.

L'écriture du pauvre Johansen a failli se détériorer lorsqu'il a écrit cela.

Poor Johansen's handwriting almost gave out when he wrote of this.

Il pense que deux hommes ont péri de peur pure en cet instant maudit.

He thinks two men perished of pure fright in that accursed instant.

Cette Chose ne peut être décrite avec notre langage.

The Thing cannot be described with our language.

Il n'existe pas de mots pour décrire de tels abîmes de hurlements et de folie immémoriale.

There are no words for such abysms of shrieking and immemorial lunacy.

Contradictions indicibles de toute matière, force et ordre cosmique.

Eldritch contradictions of all matter, force, and cosmic order.

Une montagne qui a marché et trébuché sur la terre. Mon Dieu !

A mountain that walked and stumbled on the earth. God!

Rien d'étonnant à ce qu'un grand architecte ait sombré dans la folie à l'autre bout du monde.

No wonder that across the earth a great architect went mad.

Pas étonnant que le pauvre Wilcox ait déliré de fièvre à cet instant télépathique.

No wonder poor Wilcox raved with fever in that telepathic instant.

La progéniture verte et collante des étoiles parcourait la Terre.

The green, sticky spawn of the stars, was walking the earth.

La Chose des idoles s'était éveillée pour réclamer ce qui lui appartenait.

The Thing of the idols had awaked to claim his own.

Les astres étaient à nouveau alignés, comme prévu.

The stars were aligned again, as was predicted.

Une secte ancestrale avait failli à ses devoirs.

An age-old cult had failed in their duties.

Et une bande de marins innocents a rempli son rôle par accident.

And a band of innocent sailors fulfilled their role by accident.

Après des vigintillions d'années, le grand Cthulhu était de nouveau libre.

After vigintillions of years great Cthulhu was loose again.

Et maintenant, le grand Cthulhu était en proie à une soif de plaisir.

And now great Cthulhu was ravening for delight.

Trois hommes furent happés par les griffes flasques avant même que quiconque ne se retourne.

Three men were swept up by the flabby claws before anybody turned.

Que Dieu les repose en paix, s'il existe le moindre repos dans l'univers.

God rest them, if there be any rest in the universe.

Sachez que leurs noms étaient Donovan, Guerrera et Angstrom.

Let it be known that their names were Donovan, Guerrera and Angstrom.

Parker a glissé en tentant de s'échapper.

Parker slipped as he was trying to make his escape.

Les trois autres se précipitaient frénétiquement vers le bateau.

The other three were plunging frenziedly back to the boat.

Ils ont couru sur des étendues infinies de roches verdâtres.

They ran over endless vistas of green-crusted rock.

Johansen jure avoir été englouti par un angle de maçonnerie.

Johansen swears he was swallowed up by an angle of masonry.

Un angle qui n'aurait pas dû être là.

An angle which shouldn't have been there.

Un angle aigu, mais qui se comportait comme s'il était obtus.

An angle which was acute, but behaved as if it were obtuse.

Seuls Briden et Johansen sont parvenus à regagner le bateau.

Only Briden and Johansen made it back to the boat.

Les deux hommes ont eu un moment de chance.
The two men had a moment of good fortune.
L'énorme monstre montagneux s'est affalé sur les pierres visqueuses.
The mountainous monstrosity flopped down on the slimy stones.
Et la bête hésita, se débattant au bord de l'eau.
And the beast hesitated floundering at the edge of the water.
Le bateau à vapeur n'avait pas complètement épuisé ses braises.
The steam boat had not entirely run out of hot coals.
Malgré le départ de tous les hommes pour le rivage.
Despite the departure of all men for the shore.
Les deux hommes se précipitaient frénétiquement entre les roues.
Feverishly the two men rushed up and down between wheels.
Il a suffi de quelques instants pour démarrer le moteur.
It was the work of only a few moments to get the engine going.
Au milieu des horreurs déformées de cette scène indescriptible.
Amidst the distorted horrors of that indescribable scene.
Lentement, leur bateau commença à remuer les eaux mortelles qui se trouvaient sous elle.
Slowly their boat began to churn the lethal waters beneath her.
Et ils avancèrent le long des pierres de ce rivage charnier.
And they moved along the masonry of that charnel shore.
Cette côte étrange, qui ne semblait pas venir de ce monde.
That strange coastline that was not from this world.

*****

La Chose titanesque venue des étoiles bavait et balbutiait.
The titan Thing from the stars slavered and gibbered.
Comme Polyphème maudissant le navire d'Ulysse en fuite.
Like Polypheme cursing the fleeing ship of Odysseus.
Puis le grand Cthulhu glissa ondulant dans l'eau.
Then great Cthulhu slid greasily into the water.

Plus audacieux et plus téméraire que le légendaire Cyclope.
Bolder and more daring than the storied Cyclops.
Cthulhu les poursuivit à travers l'eau avec un mouvement cosmique.
Cthulhu pursued them through the water with cosmic movement.
Briden se retourna depuis le navire et se mit à rire strident.
Briden looked back from the ship and started laughing shrilly.
À partir de ce moment, Briden continua de rire à intervalles irréguliers.
From that moment Briden continued laughing at odd intervals.
Mais Johansen n'avait pas encore abandonné.
But Johansen had not given up yet.
Il savait que son vaisseau n'avait aucune chance de distancer la chose.
He knew his ship had no chance of outpacing the thing.
Il décida donc de tenter le tout pour le tout.
So he resolved on taking a desperate chance.
Il chargea le four et mit le moteur à pleine vitesse.
He loaded the furnace and set the engine for full speed.
Puis il a couru sur le pont à la vitesse de l'éclair et a inversé la barre.
And then he ran lightning-like on deck and reversed the wheel.
Il y avait un puissant tourbillonnement et une forte écume dans la saumure nauséabonde.
There was a mighty eddying and foaming in the noisome brine.
La vapeur s'élevait de plus en plus haut dans le ciel.
The steam mounted higher and higher into the sky.
Et le courageux Norvégien a inversé le cours de la poursuite.
And the brave Norwegian reversed the course of the chase.
Devant lui s'élevait l'écume impure, telle la poupe d'un galion démoniaque.
Before him rose the unclean froth like the stern of a demon galleon.
Il a foncé droit sur la méduse qui le poursuivait.
He drove his vessel head on against the pursuing jelly.

L'horrible tête de calmar s'est approchée presque du beaupré du yacht.
The awful squid-head came nearly up to the yacht's bowsprit.
Mais Johansen continua à foncer sans relâche, malgré les tentacules qui se tortillaient.
But Johansen drove on relentlessly against the writhing feelers.
On a entendu un bruit d'éclatement, comme celui d'une vessie qui explose.
There was a bursting as of an exploding bladder.
Il y avait une consistance pâteuse et répugnante, comme celle d'un poisson-lune fendu.
There was a slushy nastiness as of a cloven sunfish.
Il y régnait une puanteur comparable à celle de mille tombes ouvertes.
There was a stench as of a thousand opened graves.
Et il y eut un son que le chroniqueur n'a pas retranscrit.
And there was a sound the chronicler did not put on paper.
Un instant, le navire fut souillé par un nuage âcre.
For an instant the ship was befouled by an acrid cloud.
Le nuage vert aveugla Johansen et le fou.
The green cloud blinded Johansen and the mad man.
Et puis il n'y eut plus qu'un bouillonnement venimeux à l'arrière.
And then there was only a venomous seething astern.
Mais Dieu au ciel ! Ce que les deux hommes virent ensuite ;
But God in heaven! What the two men saw next;
La plasticité dispersée de cette progéniture céleste sans nom.
The scattered plasticity of that nameless sky-spawn.
L'entité blessée se recomposait de manière nébuleuse.
The injured thing was nebulously recombining.
Bientôt, Cthulhu reviendrait sous sa forme originelle et odieuse.
Soon Cthulhu would be back in its hateful original form.
Mais la distance qui les séparait s'accroissait à chaque seconde.
But their distance was widening with every second.

**Le navire gagnait en vitesse grâce à la vapeur qui
s'accumulait.**
The ship was gaining impetus from its mounting steam.
Et finalement, la cité maudite apparut à l'horizon.
And eventually the cursed city was over the horizon.

***

Il n'a pas tenté de naviguer après leur échappée miraculeuse.
He did not try to navigate after their lucky escape.
Sa réaction lui avait enlevé une partie de son âme.
His reaction had taken something out of his soul.
Il passait son temps à méditer devant l'idole dans la cabine.
He spent his time brooding over the idol in the cabin.
Il s'occupait du fou rieur qui se trouvait dans le bateau.
He looked after the laughing maniac in the boat.
**Et il s'occupa de quelques autres choses, comme la
nourriture.**
And he attended to a few matters such as food.
Puis vint la tempête du 2 avril.
Then came the storm of April 2nd.
Ce jour-là, des nuages s'amoncelèrent dans sa conscience.
On that day clouds gathered over his consciousness.
Il règne une impression de délire pur et raffiné.
There is a sense of pure and refined delirium.
**Tourbillonnement spectral à travers des gouffres liquides de
l'infini.**
Spectral whirling through liquid gulfs of infinity.
**Des voyages vertigineux à travers des univers
tourbillonnants, sur la queue d'une comète.**
Dizzying rides through reeling universes on a comet's tail.
Des plongeons hystériques du gouffre à la lune.
Hysterical plunges from the pit to the moon.
Et il replongea de la lune dans le gouffre.
And he plunged back again from the moon to the pit.
Un chœur cachinant des dieux anciens déformés et hilarants.
A cachinnating chorus of the distorted, hilarious elder gods.

Et les diablotins moqueurs du Tartare, avec leurs ailes de chauve-souris vertes.

And the green bat-winged mocking imps of Tartarus.

De ce rêve naquit le sauvetage : le navire Vigilant.

Out of that dream came rescue; the ship Vigilant.

Le tribunal de vice-amirauté et les rues de Dunedin.

The vice-admiralty court and the streets of Dunedin.

Le long voyage de retour à la vieille maison près de l'Egeberg.

The long voyage back home to the old house by the Egeberg.

Il ne pouvait raconter à personne ce qu'il avait vu.

He could not tell anyone of what he had seen.

S'il avait dit la vérité, ils auraient cru qu'il était devenu fou.

Had he told the truth they would have thought he had gone mad.

Il a donc écrit en secret ce qu'il savait avant de mourir.

So he secretly wrote of what he knew before death came.

« La mort serait une bénédiction si seulement elle pouvait effacer les souvenirs. »

"Death would be a boon if only it could blot out the memories."

C'était le document laissé par Johansen.

That was the document Johansen left behind.

Et maintenant, j'ai placé ce document dans la boîte en fer-blanc.

And now I have placed this document in the tin box.

La boîte contient également le bas-relief sculpté représentant un rêve.

In the box is also the dream carved bas-relief.

J'ai également inclus les articles du professeur Angell.

And I have included the papers of Professor Angell.

Ce disque ira avec cette boîte.

With this box shall go this record of mine.

Ces notes sont devenues une épreuve pour ma propre santé mentale.

These notes have become a test of my own sanity.

Mais j'espère que mes découvertes ne seront jamais reconstituées.

But I hope my discoveries are never be pieced together again.

J'ai contemplé tout ce que l'univers recèle d'horreur.

I have looked upon all that the universe has to hold of horror.

Mais maintenant, même le ciel du printemps est sombre à mes yeux.

But now even the skies of spring are darkness to me.

Même les fleurs de l'été sont pour moi un poison éternel.

Even the flowers of summer are forever poison to me.

Mais je ne pense pas que ma vie sera longue.

But I do not think my life will be long.

Comme mon oncle est parti, ainsi viendra ma fin.

As my uncle went, so shall my end come.

Comme le pauvre Johansen est mort, mon heure viendra aussi.

As poor Johansen went, so shall my time come.

J'en sais trop, et la secte existe toujours.

I know too much, and the cult still lives.

Cthulhu est toujours vivant, j'imagine.

Cthulhu still lives, too, I can only suppose.

Je suppose que Cthulhu se trouve à nouveau dans ce gouffre de pierre.

I assume Cthulhu is again in that chasm of stone.

La ville qui l'a protégé depuis que le soleil était jeune.

The city which has shielded him since the sun was young.

Je sais que sa cité maudite est à nouveau engloutie.

I know his accursed city is sunken once more.

L'équipage du Vigilant a survolé la zone après la tempête d'avril.

The crew of the Vigilant sailed over the spot after the April storm.

Mais ses ministres sur terre continuent de vénérer son retour.

But his ministers on earth still worship his return.

Dans les lieux isolés, ils se rassemblent autour de leur idole.

In lonely places they congregate around their idol.

Et ils hurlent, dansent et tuent lors de rituels sataniques.

And they bellow and prance and slay in satanic ritual.
Il a dû être piégé par le naufrage de son abîme noir.
He must have been trapped by the sinking of his black abyss.
Sinon, le monde serait déjà en proie à la frayeur et à la frénésie.
Or else the world would by now be screaming with fright and frenzy.
Qui sait comment cela finira ?
Who knows how the end will come about?
Ce qui s'est élevé peut sombrer, et ce qui a sombré peut se relever.
What has risen may sink, and what has sunk may rise.
La répugnance sommeille et rêve dans les profondeurs.
Loathsomeness waits and dreams in the deep.
Et la décrépitude s'étend sur les cités chancelantes des hommes.
And decay spreads over the tottering cities of men.
Un jour viendra où cette ville surgira à nouveau de la mer.
A time will come where that city rises out the sea again.
Mais je ne dois pas penser au jour où cela arrivera !
But I must not think about when that day will come!
J'ai une seule prière à formuler si ce manuscrit me survit.
I have one prayer if this manuscript outlives me.
Je prie pour que mes exécuteurs testamentaires fassent preuve de prudence plutôt que d'audace.
I pray my executors put caution before audacity.
Je prie pour que ce manuscrit ne tombe jamais entre les mains d'autres lecteurs.
I pray this manuscript meets no other eyes.

***

Trouvé parmi les papiers de feu Francis Wayland Thurston, de Boston.
Found among the papers of the late Francis Wayland Thurston, of Boston.